大話山海經

—— 追日神探 ——

郭箏

目次

推薦
探向層層疊疊的故事峰巒　祁立峰　五
自序
神與妖的人間喜劇　一〇
主要角色簡介　一三
大話山海經：追日神探　一四

推薦

探向層層疊疊的故事峰巒

祁立峰

宣武移鎮南州，制街衢平直。人謂王東亭曰：「丞相初營建康，無所因承，而制置紆曲，方此為劣。」東亭曰：「此丞相乃所以為巧。江左地促，不如中國；若使阡陌條暢，則一覽而盡。故紆餘委曲，若不可測。」（《世說新語》）

對臺灣文學史稍有理解的讀者，說起小說家郭箏，大概就會想起他的〈好個翹課天〉、〈彈子王〉等名作。我初讀〈彈子王〉，就覺得郭箏恐怕調度的是某種武俠小說的運鏡。多年後他出了這系列的《大話山海經》，而本冊《大話山海經：追日神探》，寫洛陽神探查案的懸疑，寫開場各家門派群集洛陽的拳鬥武術會，那也算是遂了當時那個年輕讀者如我之嚮往。

郭箏在〈宋朝街坊市井上的空拍機〉（見《大話山海經：顫抖神箭》）一文裡，提到自己的實驗與嘗試。他把描敘斷代拉到了宋代，是因爲執迷於那如《東京夢華錄》說的勾欄瓦舍、鬧市通衢。更進一步他將其空拍機鏡頭，聚焦到了一〇〇九年的宋代。那一年，大遼的蕭太后薨，越南、高麗都發生政變，這樣的複筆讓人想到黃仁宇的《萬曆十五年》，歷史上確實不乏這樣的關鍵年代，四海無事，歌舞昇平，卻隱含險惡危機，更預示了未來的分歧。唯有由後視昔，我們才能體貼出一種歷史的哀愁與無情。

而《大話山海經：追日神探》沒有寫四戰之地的北宋都城汴京，而是將焦點放在了古都洛陽，這也讓我頗感興趣。我這幾年學術興趣聚焦於六朝的都城建康，相對於漢唐盛世，北宋雖然不算偏安小朝廷，但外患環伺，頗有江南帝國的複製。另外，即便北宋疆域仍涵蓋東、西兩都，但兩都實際上已摧殘破毀不如當初了。

近代學者如哈佛大學的田曉菲教授有個說法，說江南帝國的皇權更多建構在文本作品裡。那是一種操演（perform），因爲如文前所徵引的名句，「江左地促」，遠不如且比不上中原中土，長安比日更遠，只好不斷扮裝以趨近仿擬。這就是我前面徵引的這段《世說新語》的例證。

王東亭是王導之孫，當他營建南州時，被當時人稱讚他都更有方，街衢方正平直。但王東亭爲其父祖辯解，因爲江南土地狹長，不如中原的古都那般開闊恢宏，因此建康的街市是故意如此曲折蜿蜒，也因爲這般蜿蜒，得以故作玄虛，展現出一座城市的深不可測。

這簡直就是波赫士那個迷宮的隱喻。又好像隋煬帝所建造的迷樓，甚至像這小說本身，武林中人與神話人物重層折射。就像郭箏〈宋朝街坊市井上的空拍機〉言有盡而意未指涉的——城市不僅是一個地景，更是集體居民與角色人物的心景空間，《大話山海經》體現了這樣的「紆餘委曲，若不可測」，北宋的都城地景，車馬市井，猶如華胥幻夢了，而這個華胥典故除了出自《東京夢華錄》，更是來自於與《山海經》裡蚩尤大戰的黃帝夜遊之所，那麼這小說架構與宋代的城市興衰，又可以說是層層互文了。

小說故事裡的幾個人物，如查案如神的洛陽神探姜無際，形意門的當家大小姐霍鳴玉，加上那些從《山海經》裡空際轉身，直接拉拔出來的人物——夸父、刑天、西王母……加上各大門派磨刀霍霍的比武大會，在在都足具張力，堪稱典型的武俠奇幻小說題材。但除了郭箏續衍他的字行間的市井與痞性，這故事與潛文本，在在讓我聯想到歷史上最著迷《山海經》的文人——也就是陶淵明。

眾所周知陶淵明有篇〈讀山海經〉的組詩，我揣想他〈五柳先生傳〉裡之所以「好讀書不求甚解」，搞不好讀的書就是無須詮解深究的《山海經》。如今現在學術界對他的〈讀山海經〉解讀更細膩，從「泛覽周王傳，瀏觀山海圖」也看得出來，東晉時，《山海經》恐怕配有圖鑑，因此陶淵明讀的不僅是那枯燥的大荒東南西北之記載，而是圖錄完備的閒書。不過就如詩人如小說家所爲我們指向的──「此中有眞意」，大概如陶淵明如郭箏這般通透的讀者，方能在這本古老的神話書裡，讀出層疊的現世隱喻。

得知作者正陸續完成《大話山海經》這長達七冊，彼此互文的巨作，我仍然由衷欽佩。我們都說近年出版萎縮，市場衰頹，但我卻仍看到好幾位孜矻不倦的寫作者，交出了大長篇的歷史或玄幻的巨作。我有時在想──這可能就是一種寫作者的姿態，或用更流俗的詞來說，這就是「小說家範兒」。

出版自然是生意是生計，必須考量市場趨向；但反身來說，寫作又不僅是爲了滿足讀者之欲望與需求而存在。否則除卻食衣固其端之基本需求，讀書寫作又有何意義？因此，無論書市再怎麼清冷，讀者再如何稀微，小說家的故事峰巒層疊，如武俠小說裡常說的，內功已臻化境高到了一個境界，泥牛入海再不可測。

我一方面對《大話山海經》系列小說這樣的架構，這樣的篇幅感到佩服，一方面深覺這可能是一個契機。就像羅蘭·巴特的那句經常只被記得前半部的名言：讀者的誕生必須以作者之死爲代價。這句話反過來，當讀者消失之後，小說家可能就能眞正遺世獨立出來，在自己迂餘委曲的心靈圖像裡，寫自己的《西遊記》或《山海經》。

・祁立峰：國立中興大學中文系副教授。研究領域為六朝文學、文學理論等。同時從事文學創作，曾獲臺北文學獎、教育部文藝創作獎、國藝會創作及出版補助等。著有散文集《偏安臺北》、長篇小說《臺北逃亡地圖》、文論集《讀古文撞到鄉民》等。

自序

神與妖的人間喜劇

《山海經》，知道的人多，讀過的人少。

如今只要是有點神話色彩的故事，都會被冠上「出自《山海經》」。

嫦娥、盤古、青龍、白虎等等等等，一大堆並不出自於《山海經》的野孩子在臺上搔首弄姿；至於那三、四百個親生兒女，武羅、帝江、長乘、勃皇等等等等，反而被人遺忘了。

那些被遺忘的嫡子落難於何方？

一向喜歡收留各路神明的道教，只收留了女媧、祝融、后羿，以及經過整容變造的西王母。

其他的呢？為何沒進收容所？

他們在商、周時代應該是被人廣泛崇拜過的，否則不會留下歷史紀錄。

他們的消失是個謎，好像還沒有人能夠找到答案。

我寫《大話山海經》，非關學術，也無意替崑崙眾神翻案，只是小說。

這一系列小說用的是比較少見的方式，不屬於《哈利波特》、《三劍客》的大河連續式，也不屬於「福爾摩斯」、「楚留香」的單元連續式。

我用的是類似巴爾札克的《人間喜劇》式。

整套小說分成七冊，每一冊都是獨立的故事，主角、配角都不一樣，但他們都會在各冊之中穿梭來去，沒有「領銜主演」、「客串演出」之分。A是第一冊的主角，在第二、三、四冊裡可能變成了配角；一、二、三、四冊中無足輕重的小配角，讀者卻赫然發現他是第五冊的主角，如此或更像眞實人生，小配角終有一天會成爲大主角。

我希望讀者不要被出版的先後次序所迷惑，因爲各個故事互不干犯，順著看是一種感受，跳著看或倒著看可能會是另外一種感受。

能讓大家獲得一些新的閱讀經驗，就算完成了我小小的心願。

主要角色簡介

姜無際　洛陽城總捕頭，破案率百分之百，使洛陽成爲大宋唯一沒有積案的城市，有「天下第一神捕」之稱。好女色，臉龐英俊卻時而透露著古怪的滄桑神情。

霍鳴玉　形意門門主霍連奇的獨生女，後接掌形意門。自幼與洛陽知府羅奎政公子羅達禮訂有婚約，與姜無際有一段不爲外人知曉的曖昧緣分。

莫奈何　個性憨厚傻氣的小道士。鍾情於梅如是。曾與櫻桃妖等人征妖除魔。後陰錯陽差成爲夏國、大遼、高麗三國國師，身擁大夏龍雀刀。

櫻桃妖　七千年道行。本相是身長六寸的小紅人兒，可以化爲小丫頭、少婦與粗壯大娘三種人形。覬覦莫奈何童男元陽，一人一妖因朝夕相處而心生微妙情感。

山　膏　紅色胖小豬，此動物爲苦山罕見特產，性愛罵人。素日與姜無際相伴。

項宗羽　本名項財旺，乃項羽後代。外貌溫文，實是打遍天下無敵手的「劍王之王」，手持湛盧劍。項家莊慘遭滅門後，以追殺惡賊爲畢生職志。

梅如是　美女鑄劍師。外表柔弱，性情堅韌。自幼學習鑄劍，對兵器瞭如指掌，被視爲莫邪再世。

羅達禮　羅奎政獨生子。與霍鳴玉訂有婚約。英俊瀟灑、風度翩翩。放棄科舉仕途，改學習經商。

嚴洛王　洛陽第一名醫。年輕時習拳，某次與人爭鬥時失手打死對方，從此棄武學醫。

出林狼　爲到處打家劫舍、殺人如麻的「中原五兇」之一。長得像條狼的瘦小漢子。實是嚴洛王的兒子，名敬賢，擅點穴法。

烏有道長　紫雲觀住持，年約五十。仙風道骨，貌似慈藹，實有不爲人知的驚人身分。

俞啖至　白冠白袍白履，臉龐像是白玉琢磨出來的。號稱「第五公子」。廣結天下豪傑，門下食客三千。實有教人駭異的形貌與底細。

芝麻李　浣熊妖。手指異常靈活。在崑崙之丘一役被斷去左臂，後又在遼國瞎了一隻眼、傷了一條腿，僥倖逃得了性命。

張小袞　進財大酒樓店小二。亦是形意門的入門弟子。

趙鷹
厲鋒　形意門的大弟子與二弟子，兩人拳技不相上下，且皆心儀霍鳴玉，長期互有心結。

姜無際年紀雖輕，臉上卻帶著一種古怪的滄桑神情。頗為英俊的面龐上，長了一雙不老實的眼睛，毫不掩飾的透出一股……

「進財大酒樓外面又有人在打架了！」

「快去！晚了就來不及了！」

洛陽「紅橋街」賣吃食的小販爭先恐後的推著手推車奔上大街，這是他們這個月最主要的工作，趕往有人打架的地點販賣零嘴，生意一定好得不得了。

時當宋眞宗大中祥符二年六月。

四年一度的拳鬥大會還剩十天就要開始了。這場大宋境內最高層級的比武大會，吸引了各路英雄豪傑從四面八方湧入洛陽，磨拳擦掌的做著準備。

當滿街都是這種不要命的拳手的時候，衝突就在所難免，上午是飛龍掌鬥地趟拳，下午就是無影腳對上連環腿。

洛陽百姓樂得每天都可以看上好幾場免費的一級拳賽，小販們也賺滿了荷包。

夏城無處不擂臺

今天的這場戲碼可好看了，是「八極拳」的大護法「威震八荒」孟騰浪對上「八卦掌」的陸曉風。

八極拳是一種剛暴猛烈的拳法，講究頭、肩、肘、手、尾、胯、膝、足等八個部位的應用，出招迅猛乾脆，一拳就能斃命；八卦掌則屬於內家拳法，著重身形步法的靈活，繞圓走轉，避正打斜，讓人捉摸不定。

這兩路拳法南轅北轍，風格殊異，一個直來直往，一個盡兜圓圈；一個拳勢剛猛，一個出掌巧柔，一時半刻恐難分高下。

圍觀人群看得津津有味，不時替雙方喝采叫好，只惱了一個人，就是進財大酒樓的大掌櫃邢進財。

這時已值掌燈時分，正該是酒樓生意最好的時候，他們兩個卻在酒樓的大門口戰得激烈，客人要怎麼進來呀？

「簡直混帳透頂！莫非是『高昇酒店』派來攪我的局、壞我生意的？」

如此一想，邢進財就更忍不住了，踏著鷹虎般的步伐，緩緩走到大門外。

說起這邢進財可是非同小可之輩，僅從表面上看，他只是個見錢眼開的市儈，卻沒人知道他乃天神「刑天」第三百零二代子孫，三月間，還曾與一批英雄遠赴崑崙山除妖，讓人類得以延續主宰世界的命運。

「兩位別打啦，先進來吃飽了再說嘛。」邢進財和氣招呼。「兩位若肯捧本小店的場，免費奉送涼拌菜心一碟。」

圍觀人眾噴笑出聲：「邢掌櫃，你也太小氣了吧？鐵公雞一個！」

邢進財吹鬍子瞪眼睛：「一碟小菜要耗掉兩個半菜心，價值兩文九分錢呢。」

那兩人依舊戰個不休，陸曉風一逕在外圍繞著圈子，忽一下就轉到了邢進財面前。

邢進財一伸手，搭住了他的左肩：「你們休息一下不行嗎？」

陸曉風怎肯讓人窒礙自己的行動，肩膀往下一塌，就想脫出掌握，豈料邢進財的手就像一團漿糊，也跟著往下一塌，竟爾甩之不開。

陸曉風心中大驚，這可是從未碰過的狀況！他身法未歇，整個身體都還飽蓄著螺旋也似轉動的勁道，便即連踏五個淌泥步，外加幾個擺步、扣步，就算是天羅地網也困不住他，哪知他轉了半天，肩膀仍被邢進財給搭著，活像孫悟空怎麼樣也逃不出如來佛的手掌心。

陸曉風傻啦，今日方知什麼叫作高手！

孟騰浪見他站在那兒不動，以為他力乏了，乘隙一拳打來。

邢進財笑道：「正要與老弟見禮。」

另一隻手一伸，就把他的拳頭捏住了，宛若兩人正在握手一般。

孟騰浪也傻啦，他的拳勁之強，天下聞名，跟「形意門」掌門「鐵拳」霍連奇並稱當世兩大強拳，怎麼會被眼前這個吝嗇的市儈輕輕鬆鬆的就擋下了？更不可思議的是，他笑嘻嘻的握著自己的手，就像大人牽奶娃、老虎叼小貓，半點力氣都沒費。

「兩位老弟，不管怎麼樣都要給老哥哥我賞個臉。」邢進財就這樣一手一個的把兩人領入了酒樓。「不過嘛，你們剛才沒聽我勸，所以涼拌菜心也就不招待了。」

兒女情長俠氣短

酒樓開始上座了。

自從二月間發生妖怪事件、四月間發生臨時大掌櫃龔美命案之後，進財大酒樓的生意不但沒有下滑，反而異常火熱，每晚都高朋滿座，一位難求。

看樣子，今夜又是個大賺之夜。

酒樓特聘的「天下第一樂師」崔吹風正要上場演奏，邢進財把他叫到一邊，千叮嚀萬囑咐：「最近滿城都是莽漢武夫，動不動就要鬥毆廝拚，所以呢，你的音樂就不要再火上加油了，盡量柔和一點，行唄？」

原來這崔吹風的音樂跟尋常樂師大不相同，沒有小橋流水、行雲飄雨，全是火辣辣的金鐵交鳴之聲，節奏明快俐落，真個如同大火燃燒、大水沖刷、大地震盪。

這麼煽動性強、渲染力高的音樂，確實會讓那些正把血氣體力調整到極致的拳手們產生嗜血的慾望、撞擊的衝動。

崔吹風頗覺殺風景的上了臺，嘆了口氣道：「今天大家的架都打多了，所以應該放鬆一下，我就來一首輕柔的樂曲〈兒女情長俠氣短〉，希望大家今晚都能做個好夢。」

崔吹風不是不能抒情柔美，當他輕撥琴絃、輕吹簫笛之時，他就像是望斷千帆的寂寞少婦、飽經風霜的天涯過客、落魄江湖的失意文士，一串串如泣如訴的音符，流出心頭之血、靈魂之傷、胸口之痛，流過大廳上的華燈殘燭，再又流返每個人的血管深處。

廚房裡的洗碗工音兒聽得醉了，魂一樣的飄出來，滿眼都是淚水。

一曲還未演奏完畢，店小二張小袞送菜到陸曉風桌上，見他圓睜雙眼，單手握著酒杯，動也不動，便打趣著說：「陸大爺這麼喜歡聽曲兒，都聽呆了。」

陸曉風仍然沒有任何反應。

張小袞再一細看，這才發現他已經坐在那兒死掉了！

最是捕房忙碌時

洛陽府的捕房每隔四年就要天翻地覆一回。

今年六月當然也是天天都有上百件案子湧入，但因爲拳鬥大會而鬧出的命案，這還是第一樁。

「威震八荒」孟騰浪、大掌櫃邢進財與店小二張小袞都被請了進來，分開偵訊。

捕快董霸從後面掐住張小袞的脖子，先把他的頭按到桌子上猛敲了好幾下，才吼著說：「你爲什麼要殺陸曉風？」

張小袞嘶聲喊冤：「干我什麼屁事呀？」

「還狡辯！」頭又被狠撞了幾下。

張小袞心想：「這樣搞下去沒個了結，總該讓他知道點厲害。」口中大叫：「你打嘛，沒關係，我可是形意門的入門弟子，我家大小姐、師兄弟一定都會來找你算帳的！」

這話果然有用。

「這小子是形意門的？乖乖隆的咚！」董霸一楞之後，立時堆起一張笑臉。「唉，我是跟你鬧著玩兒的，哪會把你當成殺人兇手嘛，對不對？」親熱的一搭他肩膀。「好兄弟，你就在口供上隨便畫個押，沒你的事了。」

「口供？」張小袞冷笑。「我有什麼口供？」

「你剛剛不是說了嗎？」

董霸把口供拿給他看，上面寫著：「干我什麼屁事。」

張小袞這會兒可拿翹了：「你做的這份口供不確實，少了個『呀』字。」

另邊廂，捕快薛超泡了一杯捕房裡最好的茶，雙手捧著遞給孟騰浪。

「孟老爺子，先潤潤喉。」

「又沒要唱小調，潤你娘的喉！」孟騰浪呸道。

「唉，老爺子，別動氣嘛。」薛超冷汗直流。「這些都只是例行公事，總要問問您剛才跟陸曉風交手時的情形嘛。」

「酒樓外頭那麼多人看著我倆過招，你不會去把他們都抓來問問？」孟騰浪喝了一口茶，把茶杯往桌上重重一摔。「這什麼爛茶？晦氣！」

「您老可有打到他一拳半掌？」

「我打到你娘了！」

「您老別爲難小人嘛。」

「我的拳頭！」孟騰浪暴喝一聲，把布滿老繭坑疤的拳頭伸到薛超面前。「江洋巨盜『百手夜叉』羅漢賓聽說過吧？我一拳就把他的腦漿打出來了！就上個月，我在『夏侯寨』，鄭州一群不長眼的官兵跑來找麻煩，被我殺進陣中，空手就抓下了一十七件兵刃！這麼說，你懂了吧？我若一拳打中了陸曉風，他豈會坐在那兒壽終正寢？當然是屍骨不全、裂成了七、八塊。」

薛超冷然冒出一句：「換句話說，您根本打不著他？」

「可惡！」孟騰浪一茶杯砸上薛超額角。「你敢他娘的挖苦老子？」

副捕頭的房間裡，鄭千鈞訊問邢進財又是另一番景象。

鄭千鈞皮笑肉不笑：「邢掌櫃，別人不知道你的本領，我可是一清二楚。」

邢進財心笑臉不笑：「只怕未必。」

鄭千鈞道：「大家都看見你一手抓一個，把他們兩個都抓進了酒樓。」

「那怎麼叫抓？那叫請。」

「總而言之，你有殺人的本領，而且是殺高手的本領。」

「鄭千鈞，你是怎麼當上副總捕的？」邢進財不耐起身。「你有沒有想過，我殺人的動機是什麼？陸曉風進我的酒樓來花錢消費，我殺他幹嘛？」

鄭千鈞不由語塞。

邢進財轉身就向外走：「酒樓的生意還要顧，我沒空在這裡跟你閒磕牙。」

鄭千鈞皮肉皆不笑：「好吧，等仵作驗屍的結果出來，我會再跟你聯絡的。」

知府賣票

洛陽知府羅奎政聽說出了命案，慌忙來到捕房查問情況。

副捕頭鄭千鈞做著簡報：「就跟四年前一樣，六月的案件激增，有百分之七十三是鬥毆、百分之十五是毀損、百分之三是誤傷無辜……」

羅奎政不耐：「說這些幹啥？我是問你能不能即時結案？」

鄭千鈞乾咳道：「啓稟大人，恐怕不會很快……」

「混帳！」羅奎政登即翻臉。「你知不知道這命案的影響多大？這個月已經有十一萬名遊客來到我們洛陽，現在居然發生這種凶事，會不會把他們都嚇跑？如果眞是這樣，會害我們少賺多少錢？」

捕快們慚愧的低下頭，彷彿洛陽賺不到錢都是他們的責任。

「四年前，我舉辦第一屆拳鬥大會，造成大轟動，根據統計，全城收入增加了一百七十萬五千三百兩，可我們衙門什麼也沒賺到！」羅奎政更加激動。「所以我今年開始賣票，想看擂臺就得花錢，到昨天爲止，賣座率已經高達百分之七十，但如果命案遲遲不破，剩下的百分之三十怎麼辦？統統都賣給你？」

鄭千鈞嚇了一大跳，皮肉都笑不出來了。「大人，我每個月的俸銀只有一兩半。」

羅奎政掃視屋內：「姜無際呢？」

眾捕快一起回答：「總捕頭早就已經回家了。」

羅奎政面露無奈：「他又帶了幾個妞兒回去？」

董霸道：「三個。」

薛超道：「四個。」

「快叫他來！」

鄭千鈞道：「剛才已經派人去請……」

他話還沒說完，就見捕快們往兩旁退開，迎入了一個屌兒郎當的人。「姜總捕好！」

天下第一神捕

姜無際年紀雖輕，臉上卻帶著一種古怪的滄桑神情；頗為英俊的面龐上，長了一雙不老實的眼睛，毫不掩飾的透出一股邪淫的眼神。

羅奎政貴為知府，但在他面前竟似低了一截。

這個既不粗壯又不英武，看起來並不精明幹練，又好色如命的年輕人早已名滿天下，號稱「天下第一神捕」，破案率與準確度一向都是百分之百，而且有時候破案的速度快得嚇人，誰都搞不清楚他是如何辦到的，但他就是有這能耐！

三年前他初至洛陽才開始當捕快，不到半年就升任總捕，使得洛陽成為大宋境內唯一沒有積案的城市。

「你終於來了，命案可以破啦！」羅奎政寬心笑道。

「沒這麼容易。」姜無際兜頭就給了他一盆冷水。

羅奎政哭喪著臉：「難道你竟不想查這件案子？」

「人命關天，當然得查，但是要用普通的方法去查。」姜無際毫無轉圜空間的說著。「我的『破案神技』不能亂用，最起碼不能用在這件案子上，更不能用在這種時候。」

沒有人知道他所謂的「破案神技」是什麼？能夠使用的時機又是何時何刻？從來沒人敢問。

反正，只要他願意，他可以在一秒鐘之內偵破一件最複雜的命案。

羅奎政不敢催逼他，只得在腦海裡揣著那百分之三十賣不出去的門票，鬱悶滿心的走了。

捕快們都嘲笑的望著他的背影，然後紛紛向姜無際稟報狀況。

鄭千鈞皮笑肉不笑：「最近的幾樁命案都發生在進財大酒樓，依我看，大掌櫃邢進財最是蹊蹺，四月間龔美命案的時候，我就看見他在酒樓後院跟人廝打，武功高得出奇！」

董霸總是愛說題外話：「我已經聽說八卦掌的門人會來尋仇，洛陽可要鬧翻天了！」

薛超挾怨報復：「那個孟騰浪一進來就亂罵人，我看他是因爲心虛，色厲內荏。」

姜無際沒啥興味的打了個呵欠：「大家先查清楚，陸曉風最近五天曾經跟誰交過手？列一張名單出來，再一個一個的過濾。」

捕快們一同領命。

「還有什麼事？」姜無際邊說邊往外走，畢竟，還有四個美女在家中床上等著他。

一個新進捕快畏畏縮縮的道：「有件案子有點奇怪……」

「快說。」

「江湖好漢在與人較量的時候被打傷了，通常都不會報案，今天卻有一個『華山派』的跑來提告，說是遭人暗算，害他的手舉不起來，希望我們追查。」

在捕快眼裡，這根本是件鳥事，大家都瞪向那菜鳥，責怪他無事生非。

「手舉不起來？」姜無際倒很重視這案子，停下了腳步。「那個人還在嗎？」

「就在那邊。」

此人名叫「山狐狸」衛沖，年約三十，小小的眼睛，尖尖的臉，一副睚眥必報的標準面相。他在華山派裡的地位可不低，是這次華山派的拳鬥代表。

「你的手給我看看。」姜無際摸著衛沖右手手臂的各處關節，一邊問道：「這裡痛嗎？那裡痛嗎？」

「都不痛，就是舉不起來。」衛沖連連搖頭。「我去找過好幾個大夫，但他們都看不出毛病，因此我覺得一定是受了小人暗算。拳鬥大會本該光明正大，怎麼可以讓這種人在暗中使壞？所以我希望你們一定要把他抓出來。」

姜無際笑道：「你的腦袋可要忙碌一陣子了，你還能記得這五天內所有觸碰過你的人嗎？」

「什麼意思？」衛沖有些發楞。

「只要是碰過你、摸過你、撞到你、拐到你的人，統統都算數。」

「我……這得好好回想一下。」

姜無際吩咐捕快：「把他想起來的人統統記下，列成一張表，然後再跟陸曉風的那份名單交叉比對。」

薛超把衛沖帶進一間房裡去做筆錄，鄭千鈞這才發問：「總捕覺得是同一個人所爲？」

「他們都著了點穴高手的道兒。」

「點穴？」捕快們都是第一次聽到這詞兒，摸不著頭腦。尤其鄭千鈞更是滿腹疑問，因爲姜無際都還沒看見陸曉風的屍體，怎麼一口就咬定什麼「點穴」？

「點穴法是一種最陰毒的手法，稍微觸碰你一下就能傷你經脈，但不會即時發作，往往三、四天之後，傷者才逐漸發現不對勁，或者是手腳舉不起來，或者是眼睛瞎了、口不能言，或者是肝壞了、腎壞了，或者是心傷了、胃傷了，但那時已經搞不清楚到底是誰下的手。」

「世上竟有這種功夫？」捕快們都長了見識。

「大家再去各個醫館追查，最近有沒有跟衛沖同樣症狀的人去求診，如果有，把他們曾經觸碰過的人也全都記錄下來。」

鄭千鈞又問：「這人偷偷傷人的目的是什麼？」

姜無際笑了笑：「如果前來參加大會的各路高手，臂膀都舉不起來，他豈不就是這一屆的冠軍了？」

大小姐當家

「形意拳」是由「鐵拳」霍連奇新創的拳法，原本寂寂無聞，也沒收幾個徒弟。四年前，霍連奇技壓群雄，奪得第一屆拳鬥大會的冠軍，使得形意拳一夕之間名震天下，成爲當今最火熱的拳法。

霍連奇順勢成立形意門，總部就設在洛陽。他並不濫收徒弟，直到現在也只有二十多人而已。

這日，天剛亮，大弟子趙鷹、二弟子厲鋒就率領門人在院中晨練，一路拳打得滿院虎虎生風。

所謂形意，乃「形鬆意緊」——打法沒有固定的形式，意念則須緊實——心與意合、意與氣合、氣與力合。對敵交手之時講究速度，先發制人，近打快攻，直來直往，節奏分明，最後若能做到拳無拳、意無意，才可算是大成。

一趟拳練完，眾人渾身臭汗的坐倒休息，就見一條魁梧人形走入大門，邊自笑道：「人說形意拳至陽至剛，果然不差！」

趙鷹迎向來客：「孟大叔，聽說您昨天進了捕房？」

來人正是「威震八荒」孟騰浪。

「唉，別提了，晦氣！」孟騰浪氣猶未消。「那些他娘的狗屁捕快，搞毛了老子，一拳一個，統統打扁！」

進財大酒樓的店小二張小衰一早就來練拳，此時便也附和著說：「那些捕快確實不像話，昨天我要是不報出形意門的名頭，恐怕當場就被他們整死了！」

但聽一個清脆如銀鈴的聲音從大廳內傳出：「小衰，你又在外面亂報師門名號？」

張小衰嚇了一跳，趕緊向內躬身行禮：「大小姐，我可沒有狐假虎威、招搖撞騙，都是因為那些捕快太欺負人了。」

院中忽然閃亮了起來，霍連奇的獨生女霍鳴玉迎著晨曦，步出廳門，就如一支七彩筆畫過枯白的畫紙，彩虹躍出慘黯的天際，無趣的人生頓時有了璀璨的願景。

「唉喲，賢姪女可是愈來愈標致了！」孟騰浪也沒了火氣。「今天來，是要替妳爹帶個信兒：他很好，再過些日子才會回來，拳鬥大會他也不參加了，形意門派誰代表出賽，由妳全權決定。」

霍鳴玉皺眉道：「您何時遇到他老人家的？」

「不怕你們笑話，我跟他在夏侯寨尋找后羿神弓，一起在地下挖洞挖了三年，後來嘛，沒啥結果，他卻又迷上了『祝融長琴』的傳說，跟『峨嵋派』的『拂風擺柳』江尚清一起跑到南方去了。」

原來霍連奇自從四年前贏得了拳鬥大會冠軍之後，就把門中事務交給閨女處理，自己出外雲遊，迷上了種種神話傳說，尋找后羿神弓就花了三年，現在又想去找什麼「火神之琴」。

「我可是醒了，不玩那套啦！」孟騰浪嘆道。「還是來洛陽搶個冠軍比較實在。」

霍鳴玉道：「上一屆，孟大叔在最後四強準決賽的時候敗給了『七殺門』門主耿天尊，實在非戰之罪。如果最後總決賽，我爹遇上的是您，鹿死誰手尚未可知呢。」

孟騰浪哈哈大笑。「姪女眞會說話，哄得我窮開心。我早看穿了，哪是妳爹的對手？大家都說我倆是當世兩大強拳，其實我眞比他差多了。不過，我敗給耿天尊還眞是嚥不下這口氣，幸虧妳爹在總決賽的時候把他好好的修理了一頓，要不然，我可憋死啦！」

趙鷹道：「耿天尊與手下的十三太保早就來了，住在西門外的『紫雲觀』。」

二弟子厲鋒道：「他們想要做足準備，所以四月多就來了，還放話說，這回一定要打敗形意門雪恥！」

孟騰浪關切的問道：「霍老哥不回來，你們要派誰出戰呢？」

霍鳴玉沉吟著望了望趙鷹、厲鋒：「還沒決定。」

趙鷹笑道：「不管是誰，比賽時若遇上了大叔，還請大叔手下留情。」

「當然當然！」孟騰浪表面上打著哈哈，心裡想道：「趙鷹、厲鋒這兩個後生都還不成氣候，恐怕連第三輪都打不進去。」繼而又瞟向霍鳴玉，尋思著：「唉，形意門由這樣一個大姑娘當家，看來沒什麼希望了。」

孟騰浪離去後，趙鷹正要督促門人練拳，又見霍連奇的三姨太從後院走出：「張小衰來了嗎？」

「三夫人，我在這兒呢。」

三姨太道：「你今晚幫我在酒樓裡留個上等包廂，我要請知府夫人吃飯。」

「是！」張小衰靈巧回答。「我等會兒去上班，一定告訴我們邢掌櫃，要他準備最好的大菜。」

霍連奇娶了三個老婆，霍鳴玉的母親是原配，已經病故；二姨太常年吃齋唸佛，萬事不理；家中事務便都由三姨太掌管。

三姨太笑吟吟的走向霍鳴玉，悄聲道：「晚上我約了知府夫人與達禮，妳應該要跟我一起去一下吧？」

洛陽知府羅奎政與霍連奇乃是多年好友，他的獨生子名叫羅達禮，比霍鳴玉大兩歲。霍鳴玉才剛出生，兩家便有了婚約，所以羅達禮已經確定是霍鳴玉未來的夫婿。

霍鳴玉一聽三姨太的安排，當下有點羞怯又有點惱，只得把臉擺得很冷淡：「我今天晚上要跟大師兄、二師兄討論出賽的人選。」

「唉呀，這事兒讓他們兩個去處理就好了，妳是個女孩兒，要有女孩兒的氣質，怎麼成天搞這些打來打去的事情，多嚇人啊！」

霍鳴玉正色道：「爹出門前，交代我全權處理門內事務，像拳鬥大會這等大事，我怎能撒手不管？」

霍鳴玉從小在男人叢中長大，不但打得一手好拳，連性子都跟男人差不多，遇事決斷明快，說一不二。這三年多來，形意門本有機會迅速擴張，昧著良心廣收門徒、大賺學費，但霍鳴玉堅持實是求事、樸實無華的作風，使得門聲蒸蒸日上，贏取了許多江湖同道的尊敬。

「好吧，」三姨太知她脾性，不敢勉強她。「只好我自己去囉。可惜人家達禮一片癡心，只想見妳一面呢。」

只要一提起羅達禮，霍鳴玉心中就是一陣茫然。

將來我眞的要嫁給他嗎？

羅達禮雖然英俊瀟灑、風度翩翩，但好像……好像不是她心目中的最佳人選。

然而，她的最佳人選該當是什麼模樣？她自己也說不上來。

她心中一直隱藏著一個人，卻只是一條摸不著的影子，她不曾告訴任何人，只在偶爾午夜夢迴之時，獨自品嘗。

查到了一隻狼

這些日子生意火熱的行業，除了小販、酒樓、客棧之外，就數醫館了。

「洛陽第一名醫」嚴洛王的生意當然好得不得了，不過他也不敢讓姜無際在外等待超過半刻鐘。

「姜總捕，有何見教？」

「我不耽誤你的時間，你最近可有胳膊無緣無故舉不起來的病人？」

「沒有啊。」

「一個都沒有？」

「半個都沒有。」

姜無際笑道：「我一路走來，已經問了三家醫館，共有五個這種病人，你這裡怎麼一個都沒有？」

「這……」嚴洛王臉上難免浮起驕傲之色。「我專治疑難雜症，收費當然很貴，這種屬於跌打損傷的小病，大概沒人會來找我吧。」

「也是，也是。」姜無際摸摸鼻子。「不打擾了。」

姜無際帶著隨從捕快出了醫館，繼續沿街巡查。

一名小販抱著一疊小報迎面走來：「號外！號外！皇上鑾駕要親赴洛陽來看拳鬥大會！」

「眞的啊？」許多百姓興奮的圍住小販，掏錢爭買小報。「聖人要來洛陽了！」

宋時臣民多半以「聖人」或「官家」稱呼皇帝。

姜無際向薛超道：「等下你去找份《朝報》看看，這消息是否屬實？」

朝報是由朝廷發行的官報；小報則是民間自行出版的刊物，內容蕪雜，什麼消息都有，什麼消息都不確實。

回到捕房，從各處回來的捕快呈上調查所得，加總統計，各個醫館共有二十三人是因「手舉不起來」這種症狀求診；仵作的驗屍報告也出來了，陸曉風竟死於大腸爆裂！

「把他的肚子一剖開，糞便就流了滿桌子！」仵作心有餘悸、鼻有餘臭。「眞是近五年來最噁心的案例！」

大家都納悶不已。「陸曉風若是之前小腹就挨了重拳，應該痛得要命才對，怎麼還有力氣跟孟騰浪對打？」

「並沒有人打到他的小腹。」姜無際冷靜解釋。「是那點穴之人想廢他的右手，點他右手的『陽明大腸經』，但力道用得過猛，使他的大腸受損，他卻絲毫覺察不出；等到他再跟孟騰浪交手時，大腸承受不住激烈的運動，而發生爆裂的狀況。」

「這也死得太冤了！」

鄭千鈞報告：「這五天內，曾經跟陸曉風交過手的人還沒查清楚，曾經碰觸過他的人當然更沒法查。但是『山狐狸』衛沖與那二十三個病人都已經把這五天內碰觸過的人全都條列明細，我們馬上就進行交叉比對，看有沒有相同之處。」

這一忙就忙到晚上，總算有了結果。

二十四份名單中都有一個不知名的瘦小之人，五尺多高，耳朵有點尖、眼角往上吊、一嘴森森白牙，有幾個人聽到他的喉管裡發出一種尖銳的獰笑，綜合而言——像隻狼。

他有時只是和人擦身而過，不小心碰到了一下；有時是搶買同一個東西，手掌有所接觸；有時是裝成熟人，從後面拍人肩膀；甚至會假裝摔倒，讓人攙扶，乘機觸人手肘。

總之，沒有一個人曾與他光明正大的交過手。

「明天把這二十四個人請來捕房，再叫畫匠把他們的描述繪成圖形。」姜無際道。「不管畫得像不像，最起碼有了個譜兒。」

總捕頭的寵物

姜無際的家在僻靜的「楓林巷」，屋子不大，四周的空地卻不小，一看就知他是個不喜與鄰居來往的孤獨人物。

他還沒走進屋門，就聽一個聲音在裡面罵道：「混帳王八蛋，今天怎麼不帶妞兒回來？」

姜無際笑道：「我今天公休，只想好好的睡一覺。」

那聲音罵道：「睡你娘的皮！快去『十字街』給我買一籠魚翅爆漿小籠包回來。」

姜無際嘆道：「只想吃，你該節食了。」邊說邊走入屋內，可沒見著半條人影，只有一隻紅色的胖小豬蹲坐在床上。

姜無際摸摸牠的頭：「山膏，是不是又該幫你找條母豬了？」

紅小豬罵道：「你的眼光太爛，上次找的那條，既不風騷又不美豔，跟個大掃把一樣。」

這種名爲「山膏」的動物乃是苦山特產，極爲珍貴罕見，缺點就是愛罵人。

姜無際道：「娶妻首重賢慧，我看那條母豬挺會打理家務的。」

「是哦，把我的被子都吃掉了！」

「唉呀，好伴侶得慢慢找，你就再忍耐一下吧。」

姜無際躺上了床，山膏爬到他頭邊睡下，用豬嘴拱著他的臉：「老大，睡過去一點，你把枕頭都占走了。」

姜無際苦笑：「希望我將來的老婆不會跟我搶枕頭。」

山膏哼道：「你有愛過誰嗎？就只會跟女人上床亂搞而已。」

姜無際嘆了口氣：「你知不知道我爲什麼會留在洛陽不走？我來洛陽的第一天就看見了一個人，嗨，她呀……」

山膏忙不迭的追問：「她是誰？誰會讓你心動？」

窗外的月光讓這一人一豬都有點浪漫起來。

「嗯，心動，這個詞兒用得好，那天確實是我這輩子第一次心動！」

「她長得什麼樣子？比『美春樓』的馬麗蓮還漂亮嗎？」

「哪有人可以跟她比？簡直就是……我不會形容，無法形容，任何形容都是多餘。」

「哇！你怎麼一直都沒告訴我？」山膏抗議。「悶騷！」

「告訴你幹嘛？」姜無際笑著摸牠肚皮。「難道你能幫我出主意？」

「最起碼有人能撫慰你敏感的心靈。」山膏有好哥兒們的義氣。「那一天到底怎麼了？」

「那一天……」姜無際又大嘆了一口氣。「唉，算了，不說了，快睡吧。」

「你快說嘛！」

「人類不會跟你一樣聒噪。」姜無際顯然頗具哲思。「你要懂得人類的心，有些時候有些事情留在心裡會更有韻味。」

「哼，就是悶騷。」

醫館的祕密

嚴洛王的醫館終於打烊了。

他拖著疲憊的身軀走入內室，一個人正在裡面等著他。

是個長得像條狼的瘦小漢子，咧著嘴，似在嘲笑什麼。

嚴洛王冷冷的瞪著他：「敬賢，你又幹了什麼？」

「嘿嘿，敬賢？好久沒人叫我這名字了。」狼漢子嘰嘰笑著。「大家都叫我『出林狼』。」

原來他竟是近年來到處打家劫舍、殺人如麻的「中原五兇」之一。

「這樣你就有成就感了嗎？」嚴洛王愈顯疲態。「被官府通緝、被仇家追殺，當年我是這樣教導你的嗎？」

「唉呀，爹，懸壺濟世太溫吞了，不合我的脾胃。」

這出林狼居然是嚴洛王的兒子！

「我救人，你殺人，你是故意要發洩對我的不滿？」

「怎麼這麼說呢？」出林狼又從喉管裡發出笑聲。「你當年不是也殺過人？」

嚴洛王年輕時跟隨「迷踪拳」高手常鶴松練拳，一次與人爭鬥時出手過重，把對方打死了，從此以後他棄拳學醫，成了一代名醫。

「這些年，我把嘴皮子都說破了，半點用處都沒有，我已發誓不再跟你說這些廢話。」

嚴洛王森冷的道。「但是你這次爲何要跑到洛陽來殺人？西京洛陽乃全國第二大城，總捕頭又是最難纏的姜無際，莫非你已經活膩了？」

「我根本沒想殺那陸曉風，只是要碰他一下，廢他右膀。」出林狼現出懊惱的神氣。

「但他武功太高，我一碰就知道很難點住他，所以下手的力道就重了些……」

嚴洛王皺眉道：「跟你說過多少次，你點穴的手法還不夠火候，不能亂用。」

嚴洛王後來鑽研醫術，無意間發展出點穴之法，因兒子生來瘦弱，便將此法傳授給他，沒想到竟然教出了一個混世魔王。

「還有，你想用這種方法去奪取拳鬥大會冠軍，不會太異想天開了嗎？」

「我已經廢掉了華山、嶗山、嵩山、恆山、燕山、泰山、湘山、君山……起碼二十幾派的代表人，今天不算，還剩八天，我可以把那些參賽者點壞一半！」

嚴洛王忍住怒氣，慢條斯理的分析著道理：「按照大會規定，以個人名義出賽者，若不能出賽就算棄權；但以門派名義報名者，則能夠換人上陣，所以你點倒一個有什麼用？難不成要把全派人都點倒？」

出林狼胸有成竹的見招拆招：「有些門派距離太遠，想要改派代表已經來不及了。」

「綜觀形勢，這一屆最厲害的還是『形意』與『七殺』，形意門總部就在洛陽，隨時都可以換人；七殺門這回來了十四個，你能把他們全都廢掉？」

「形意門的掌門霍連奇這回不參加，所以形意等於已經除名了；七殺門呢，只有門主耿天尊是扎手貨，他手下的十三太保沒什麼好怕的。」

嚴洛王說不過他，跌足道：「你爭這冠軍，到底有何用處？」

「你不是一直說，要我有個正途出身，才好光宗耀祖嗎？拳鬥大會就是我漂白的好機會啊，聽說這回連皇上都要來觀戰呢！」出林狼義正詞嚴。「而且，我還有一群小兄弟在山裡躲著，養活他們可是我的責任。」

一聽他提起「那群兄弟」，嚴洛王的氣就不打從一處來：「聽說你們那什麼中原五兇已經死了兩個，『破城虎』死在崑崙山、『翻山豹』死在鄭州，我看你們已經快要被勦殺光了！」

出林狼正色道：「我要照顧的是我手下的小兄弟。」

狼是一種群居性的動物，彼此之間的關係非常緊密，並具有嚴格的社會階級。出林狼對於部屬懷有強烈的責任心，實乃必然。

「至於我另外那兩個結拜義兄，『鬧天鷹』跟『裂地熊』，他們比我更有漂白的野心，今年九月不是要加開恩科嗎？他們已經準備好要去拚狀元了！」

嚴洛王瞠目：「他們的學問這麼好？」

「大字兒不識幾個。」出林狼笑道。「但你想想，以他們的身手，做弊豈是難事？」

形意門的祕密

霍鳴玉接掌形意門已經三年多，今晚才遭遇到第一個大難題。

拳鬥大會應該派誰出賽？她望了望左手的大師兄趙鷹，又瞟了瞟右手的二師兄厲鋒，不知如何取捨？

他們兩人的拳技不相上下，平日相處也並不融洽，總是處於明爭暗鬥的狀態之中。

她也知道他倆心中最糾纏難解的結兒就是她本人。

他倆對她的愛慕已不止一日，只因她自幼就被許配給羅達禮，所以不敢表露出來，但只要有丁點機會，他們是絕對不會放棄的。

此刻，他們便都懷著這種心思，互不相讓。

趙鷹說：「小師妹，師父最重倫理，我是大師兄，當然該我出賽。」

厲鋒說：「小師妹，這次師父不參賽，我們形意門可不能丟人，當然應該派最強的人出賽。」

他們三人算是霍連奇最早的徒弟，從小一起長大，平日他倆當眾都稱呼她為「大小姐」，但私底下仍叫她小師妹。

趙鷹冷笑：「那麼你說，誰是最強的人？」

厲鋒瞪眼：「大家眼睛雪亮，平常對練的時候，最後橫掃全場的都是誰？」

趙鷹哂道：「日常對練怎做得了準？都只是切磋而已。」

「就算是切磋，也能看出高低。」厲鋒一副十足把握的模樣。

趙鷹再也無法忍，猛一拍桌：「很簡單，三天後，我們自己先辦個擂臺賽，看誰才是形意門的第一名！」

厲鋒也一拍桌：「可以！就這麼著！」

面對最親近的兩位師兄，霍鳴玉喪失了一向明快俐落的作風，只能打著圓場：「這樣不好，我們自己先打傷了，豈不是更糟糕？」

他倆仍爭執不休，好不容易把他們勸了回去，已是半夜時分。

霍鳴玉回房就寢，但滿心煩惱，在床上翻來覆去的睡不著，索性披衣起身，走到屋外。

形意門總部的前面是練武場與大廳，後院是霍家的住處，共有三進，第一進是霍鳴玉和父親的居所，第二進是二姨太的佛堂，第三進則是三姨太的宅院。

霍鳴玉信步亂踅，繞過佛堂，來到三姨太的庭院之中，這兒有個荷花池，是她平日想要獨處時的最佳去處。

她坐在池邊，望著水中明月，又想起了那條摸不著的影子，竟有些癡了。

驀然，三姨太的房中隱約傳出一陣嬌喘，像是快沒命了，又像是爽到了頂、樂上了天！

霍鳴玉雖還不懂男女之事，但這種邪門的聲音直往心裡鑽，攪得她心慌意亂，三步做兩步的跑回自己房中，緊閉房門，兀自止不住心頭撲通亂跳。

「三姨媽在幹什麼？」她驚駭莫名的思忖著。「難道她……她背著我爹有別的男人？」

霍鳴玉的腦子有若走馬燈似的急速旋轉，遇事決斷的她，根本不知該當如何處理這種事。

闖進去捉姦？在外出聲警告？喚醒僕婢？潑盆冷水進去？

似乎沒有一個作法是恰當的。

她又亂踱了一會步，終於想出了唯一的辦法，悄悄出了側門，繞到後門，躲在暗影裡等待。

三姨太的住處是最後一進，那個給父親戴綠帽子的男人，進出勢必經由後門。

候了半晌，果見後門一開，閃出一個舉止鬼祟的人，月光下覷得眞切，竟是張小衮！

進財大酒樓的店小二招待客人居然招待到臥房裡去了！

霍鳴玉想追過去質問他，但不知怎地，手腳發軟，連一步都跨不出去，只能蹲在暗影裡熬過今生最難堪的一夜。

夸父追日

出林狼的圖形被畫出來了，姜無際吩咐捕快四處張貼，自己則揣了一張，走向西城外。

大街上，一名年輕道士背上揹了個大葫蘆，手裡擎著幅招幌，上寫「雙眼覷破生死關，隻手扭開天地門」，正坐在街邊跟小孩們說著神話故事：「那時的大地到處是大片大片的森林，不像現在都光禿禿的……」

「現在才不光禿禿的呢。」小孩子們叫道。「到處都是煙囪！」

「咳咳咳！」年輕道士乾咳不休。「總之，史前森林茂密幽森，巨樹奇木參天聳立，太陽在林端若隱若現……」

「那是因爲霧霾！」小孩子們又叫。

「唉，別打岔！突然間，一個非常非常高大的人出現了，這個人叫作『夸父』，是史上第一巨人。他跨一步，等於普通人的五十步；縱身一跳就能跳過一座小山……」

「他會蹴鞠嗎？」一個小孩問。

「巨人會踢球有什麼用啊？」其他的小孩都嘲笑。

「可以用頭頂啊！」先一個小孩說，讓其他的小孩都閉上了嘴。

「那時還沒有皮毬，也沒人喜歡踢毬。言歸正傳，夸父手中提著一根木杖，飛躍在林間，跑得比閃電還要快，如果碰到大山擋路，他便把木杖當成撐桿跳桿，一躍而過。」

「他奔跑的速度確實舉世無雙，但他不以此爲滿足，還想要勝過太陽，便展開了一場與太陽賽跑的世紀大決戰！」

「他出了森林，來到黃土高原，愈發加快速度奔跑，簡直迅若流星，眼看著就要超過太陽，但這時他覺得口渴……」

小孩們都覺得惋惜。「唉呀，這下浪費時間了！」

「他來到黃河邊上，趴在河邊大口喝水，把黃河的水都喝乾了。」

一個小孩挺有科學頭腦。「喝這麼多水，不就增加了自己的重量，跑不快了嗎？」

「咳咳，這麼說也沒錯！他又站起來繼續追逐，但他畢竟是個人，總有力竭的時候，肚子裡的水又太重，使得他愈跑愈慢，太陽已遙遙領先……」

「這下沒戲唱了！」

「他又渴了，想去北方的大澤，也就是我們今天所說的北海去喝水，但他還沒能走到那裡，就倒地氣絕，手中的木杖插入地面，轉眼間就變成了一片樹林，如今叫作『鄧林』。」

小孩們都笑道：「夸父好笨囉，怎麼會以爲自己能夠跑贏太陽呢？」

「所以，今天形容一個人不自量力，就說他是夸父追日。」年輕道士做出結論。

姜無際站在小孩子們身後聽了半天，這時才出聲說道：「莫奈何，你沒能抓住主要的問題所在。」

小孩們回頭一看。「姜總捕？」立刻興奮的拍手唱著：「姜無際，眞有計，追兇辦案數第一，手段獨特是祕密！」

原來姜無際在洛陽小孩的心目中可是個超級大英雄。

名叫莫奈何的年輕道士頗爲意外：「你還記得我？」

今年二月間，兩人曾有一面之緣。

小孩子們都道：「只要被姜總捕看過一眼，他就絕對不會忘記。」

姜無際淡淡一笑，轉身欲行。

莫奈何忙問：「你還沒說，這個故事的主要癥結應該是什麼？」

姜無際笑道：「人們也許應該問問夸父，他爲什麼要追日？」

莫奈何楞了楞，還沒反應過來，姜無際已走得不見蹤影。

大張旗鼓的七殺門

姜無際來到「白馬寺」後面小山上的「紫雲觀」。

較諸香火鼎盛、中原佛教源頭的白馬寺，這座小道觀從來就乏人問津，登山的路徑上長滿了雜草。

一進山門，就見七殺門的「十三太保」在觀前廣場上練拳。

所謂七殺，就是上殺、中殺、下殺、左殺、右殺、前殺與後殺，路數亦屬陽剛一派，拳拳見血、招招封喉。

四年前的第一屆拳鬥大會，最後的決賽是形意門的掌門「鐵拳」霍連奇對上七殺門門主耿天尊，兩人鏖戰幾百回合，打得渾身是血、精疲力盡，最後霍連奇略勝一籌，奪走了冠軍。

這一次，耿天尊誓言雪恥，早在四月間便率領門人來到洛陽，獲得紫雲觀方丈「烏有道長」的支持，借住在這裡秣馬厲兵，做足準備。

十三太保的老大馬首見有陌生人前來，便示意師弟們停止練習，迎上前去。

姜無際表明身分後，又道：「我有事要跟耿門主商量。」

耿天尊四十五歲左右，體格魁梧，天生一副爭強好鬥的性格，但久走江湖，倒也頗通人情事故。

「姜總捕有何見教？」

姜無際掏出出林狼的圖形：「你們曾經見過此人嗎？」

耿天尊與十三太保都大搖其頭。

「他這幾天就有可能找上你。」姜無際目注耿天尊。「因爲你是這一屆拳鬥大會奪魁的熱門人選。」

耿天尊全不在意：「他若想跟我較量，我當然樂意奉陪。」

「他不會跟你光明正大的交手，只想偷偷的碰你一下。」

「怎麼說？」

姜無際把出林狼點穴的手法講了一遍。

耿天尊義憤塡膺：「這小子也太下作了！若被我抓到，定將他兩隻手都打斷！」

轉頭吩咐十三個徒弟——馬首、龍二、司馬三、西門四、鄧五、金六、蕭七、歐陽八、古九、畢十、唐十一、獨孤十二、游十三：「你們閒來無事就四處巡查，一旦發現此人，立馬抓住他。還有，大家要記住姜總捕的話，別讓他那隻髒手碰到你們的身體。」

七殺門位於「橫州」，是個鳥不生蛋的地方，門下弟子全都是些粗野兇悍的傢伙，這次來到洛陽還不敢惹事生非，但早已存了蠢蠢欲動之心，不管爭不爭得到冠軍，臨走前必會不擇手段的狠撈一票不可，不料現在竟有人敢動他們的歪腦筋，自然個個摩拳擦掌。

三印國師

姜無際走後，莫奈何卻來了。

他的師父「提壺道人」二月間便掛單在廟裡。

這對師徒來自「括蒼山」上的「玉虛宮」。提壺道人其實沒啥本領，靠著招搖撞騙為生，莫奈何就更別提了，十三歲上山修道，五年來的功用就是被師兄們當成出氣筒。但他在最近五個多月裡的奇遇，可比別人十五輩子加起來還要多！

莫奈何喜孜孜的從懷中掏出三塊大印：「師父，你看！」

提壺道人定睛細瞅，見那三顆大印分別刻著「夏國國師」、「大遼國師」、「高麗國師」，止不住驚忖：「今年年初，這個小渾頭還只會掃地、煮飯、洗衣服，怎麼到了六月，竟然成為三個國家的國師？」

莫奈何笑問：「師父住這裡可好？」

提壺道人嘆了口氣道：「方丈烏有道長本來待我挺好的，還想請我當『都管』呢，但是那些七殺門的一來，他就不太理我了，已經十幾天沒見著他的面。」

莫奈何安慰著說：「沒關係，將來我們回到括蒼山，把這三顆大印往大殿上一掛，包管信眾把咱們玉虛宮的山門都擠破掉！」

提壺道人一聽，可來勁兒了：「不如我們現在就回去！」

莫奈何支吾著說：「我……還有些事情要料理，等我忙完了，自會來找你。」

天下第一莊

莫奈何來到「慶善街」的小茶館，才剛落座沒多久，就見一名頭戴小帽的年輕人鬼鬼祟祟的溜進來，挨著他身邊坐下，悄聲道：「小莫道長，你膽子真大，還敢在洛陽露面，俞公子氣你氣得要死。」

此人名喚任天翔，來自西邊的「奇肱國」。奇肱國人天生一條手臂、三隻眼睛，都擅於製造飛車，任天翔是其中的佼佼者，他來到中原才只三個多月，莫奈何是他唯一的好友。

莫奈何也壓低嗓門：「上次跟你借的『野鷹一九七』飛車壞了，藏在城外的樹林裡，你能不能幫我修理一下？」

「明明是你騙走的，還說借？」任天翔跌足。「俞公子為了這件事，把我罵了個狗血淋頭！」

莫奈何嘆了口大氣：「唉，那個俞公子，怎麼說才好呢？」

他倆提到的俞公子，名叫俞啖至，人稱「第五公子」，因爲自從戰國四大公子之後，就後繼乏人，這俞啖至是唯一能夠與他們相提並論的人，所以被當成有史以來的第五個公子。

他廣結天下豪傑，門下食客三千，可說是當今天子之下的第一人，美侖美奐的莊園就位於洛陽近郊，號稱「天下第一莊」。

任天翔應他之聘，成爲莊內「天」字號賓客，莫奈何也曾短暫的作爲莊內貴賓，但後來莫奈何發現這第五公子其實是個唯恐天下不亂的野心家，便騙走了一輛飛車，會合各路英雄粉碎了他意欲篡奪「大遼國」與「高麗國」的陰謀。

此刻莫奈何想要警告任天翔，替俞啖至做事遲早會惹禍上身，可又怕任天翔如果粗心露餡，反而會陷入險境，所以躊躇未決；任天翔則一直勸莫奈何快點離開洛陽，免得遭到俞啖至的報復。

兩人正扯個不休，忽見一個身穿白衣、鳳眉修目的中年劍客經過茶館門前。

莫奈何喜極大叫：「項大哥！總算遇見你了！」

來人正是名列武林三大劍客之一的「劍王之王」項宗羽。

親密的戰友

「聽說你跟梅姑娘又做了不少大事。」項宗羽讚許的拍著莫奈何的肩膀。「老哥哥我與有榮焉！」

任天翔眼見他倆親密的模樣，心中驚奇不置。「這莫奈何只是個渾頭小子，不會半點武功，怎麼跟名滿天下的劍客稱兄道弟，熟得像一家人似的？」

他哪裡知道，他們兩個已可算得上是併肩作戰、同生共死的戰友。今年三月間，他倆曾經和天神「刑天」的子孫燕行空、進財大酒樓的掌櫃邢進財、女性鑄劍高手梅如是，歷經千辛萬苦，遠赴「崑崙山」大戰群妖，免除了妖怪主宰整個世界的噩運。

「梅如是姑娘呢？」項宗羽又問。

「現在好多人爭相請她鑄劍。」莫奈何對於梅如是有著無解的單戀，只要一提到她的名字就滿心甜蜜、歡喜與絕望。「她正在『北京』大名府替姚節度使鑄劍。」

兩人又寒暄了半天，項宗羽才道：「聽得道路傳聞，出林狼出現在洛陽，不知是否確實，我才趕來查證。」

莫奈何自告奮勇：「這幾天我就到大街上轉轉，幫你打聽一下消息。」

「中原五兇之中就數他最陰毒奸狡，你可要小心。」

「多謝大哥提醒。」

項宗羽走後，任天翔問道：「這位項大俠在追什麼兇手？」

莫奈何道：「他少年時就被送到三大劍派之一的『雁蕩山』去習劍，後來仗劍行走江湖，大小一百二十九戰未逢敵手。掌門人『逍遙子』有意栽培，把自己的愛女嫁給了他。」

「前程一片光明！」任天翔挺羨慕。

莫奈何搖頭大嘆：「唉，誰想得到……慘哪！那中原五兇結隊橫行天下，不知屠掠了多少鄉鎮村莊，兩年前他們攻入江東『項家莊』，見物就搶、見人就殺，項家莊全莊上下五百多口，十不存一，項大哥的妻子甚至被先姦後殺，死狀慘不忍睹。一個躲在暗處的小孩目擊整個過程，說那兇手的左上臂有著龍紋刺青。從此項大哥展開天涯海角的追逐，非殺盡這五群惡賊不可！」

莫奈何說完，便站起身來：「我要去打探出林狼的消息了。」仍擔心任天翔在天下第一莊的處境，找補了句：「兄弟，你好自為之，眼觀四面，耳聽八方。我走了。」

任天翔心想：「我是來勸他離開洛陽的，他還要跑到大街上亂轉，真是個不知死活的夯貨。」

荒字第一千九百七十八號

幾乎就在同時，天下第一莊內已有所行動。

第五公子俞啖至白衣白冠、白履白袍，一張臉簡直就像用一整塊白玉雕琢出來的一樣，他的聲音更清亮得恍若玉罄敲擊，一絲雜質也無。

「去把『荒字第一千九百七十八號』叫來。」

莊內賓客分爲「天地玄黃宇宙洪荒」八個等級，荒字是最低的一級。

這個一千九百七十八號長得一張機靈無比的笑臉，諢號「芝麻李」，他其實是一隻浣熊妖，曾經貴爲天字第七十八號，三個多月前，項宗羽、燕行空等人在崑崙山剿滅群妖一役中，將他斷去一臂，但總算僥倖逃得了性命；後來又在遼國東京「遼陽府」瞎了一隻眼、傷了一條腿，所以一路被降到現在這個位置。

芝麻李殘殘缺缺、一拐一拐的走入大廳，縱使心中十分不滿，表面上仍裝出一副諂媚恭敬的模樣。「公子有何吩咐？」

俞啖至悠閒的品嘗著極品夏茶「小玉尖」：「莫奈何回到洛陽了，你想怎麼辦？」

一聽莫奈何這三個字，芝麻李整個人就要爆炸開來。雖說莫奈何並不是殘害他的原兇，但也算是主謀之一，所以這仇結得可深了。

「我去找他算帳！」轉身就想走。

俞啖至淡淡道：「現在洛陽城內到處都是拳鬥高手，你不怕上了街，有人看你不順眼，又惹了一身傷？」

芝麻李心頭一暖，差點落淚。「公子還是關心我的。」口中罵道：「也不知是哪個白癡想出了拳鬥大會這餿點子，害得我們這些老實人上街都得擔驚受怕。」

俞皭至淡淡道：「當初就是我建議知府羅奎政舉辦這大會的。」

芝麻李嚇一大跳，忙改口道：「對呀！就是要讓那些老實人沒有好日子過，我們妖怪才高興哩！」又問：「公子想藉由這場大會挑起一場天大的亂子？」

「這你不用多問，我已有安排。」俞皭至又喝了一口茶。「我也要給你一個建議：莫奈何的師父提壺道人在紫雲觀掛單，根據可靠的情報，莫奈何今天已經去探望過他一次，必定還會再去，你可以在那裡等他出現，或者……」

芝麻李舉一反三的本領可不差：「或者乾脆把他師父抓來，要脅莫奈何現身？」

「你自己看著辦。」

羅達禮的野心

霍鳴玉每一次面對羅達禮，心裡就有一種說不出的彆扭。

他是未來的夫婿，卻如此陌生遙遠，而且兩人的話題總兜不到一塊兒去，她說拳，他聽不懂；他論文，她沒興趣。

但她一直很敬重他，畢竟，這年頭正派的年輕人已經不多了。

昨夜，他請她吃飯，她沒去；今夜，反而是她邀請他到進財大酒樓見面，因為她不曉得該怎樣處理三姨太的事情。

「也許男人會比較有主意吧？」懷著這樣的心思，她約他吃晚飯，可現在見了面，她又不知如何發問、請教？

兩人坐在小包廂裡，陷入難堪的靜默當中。

店小二張小袞送菜進來，不知怎地，險些摔了一大跤。

「大小姐，抱歉，抱歉……」張小袞慌亂的瞅著他倆。

霍鳴玉對他的印象壞透了，連看都不想看他一眼。羅達禮則溫和的說：「沒關係，出錯難免，別放在心上。」

張小袞走後，霍鳴玉又想開口，但還是說不出來，最後只能隨便談些日常狀況：「你會參加今年秋天加開的『恩科』嗎？」

羅達禮沉吟了一會兒，苦笑搖頭：「說實話，我已經放棄科舉仕途了。」

霍鳴玉頗覺意外：「為什麼？」

「人要有自知之明，我的文才比不過別人，考也是白考。」羅達禮說。「這幾年我想明白了，人生在世有很多條路可以走，明明此路不通，還要去跟別人擠得頭破血流，可真是自找麻煩。」

「那你有什麼打算？」

「我正在打算。」羅達禮想要幽默一下，卻生硬得讓人笑不出來。「我正在跟高昇酒店的王掌櫃學——打算盤！」

霍鳴玉更爲驚訝：「你想要經商？」

「沒錯，這世道，眞正賺大錢的還是商人。」

「但是，羅伯伯、羅伯母同意你這麼做嗎？」

「我還沒跟他們說，這才是最難過的一關。」羅達禮嘆了口氣，鼓足勇氣。「鳴玉，如果我沒當上大官，妳不會嫌棄我吧？」

霍鳴玉最怕跟任何人談起這件事，尤其是他。

正苦惱詞窮，外頭忽然掀起沸水似的喧譁：「打！打！打！」

緊接著，一名漢子撞開包廂的門滾了進來，把桌子都撞翻了，飯菜潑了羅達禮滿身。

「幹什麼的？」霍鳴玉虎跳起身，就聽見「威震八荒」孟騰浪的聲音在酒樓大廳中吼道：「他娘的，要打到外面去打，別壞了人家的生意！」

原來是八卦掌的門人前來尋仇，正好在酒樓內與孟騰浪相遇，不管三七二十一的就起了廝拚。

霍鳴玉抽身就往外走，羅達禮忙叫：「鳴玉，可不可以別管閒事，好嚇人的！」

「孟大叔的事情，怎能不管？」

霍鳴玉衝到酒樓外面的時候，孟騰浪已經跟三個八卦掌子弟混戰成一處。

「以多勝少，眞不要臉！」霍鳴玉人隨聲進，接下了其中一人的攻勢。

孟騰浪哈哈大笑：「好賢姪女，果然有乃父之風！」

這名弟子是八卦門內有數的高手，腳踩龍蛇，掌分陰陽，身如魅鬼，連綿不斷的攻勢從四面八方湧至。

霍鳴玉的形意拳早得父親眞傳，比兩個師兄趙鷹、厲鋒更爲精純，只因她是女子，氣力稍差，發揮不了形意拳最大的威力；但也因她是女子，有著女性的靈巧與柔軟，使得原本至陽至剛的拳路之中，平添出許多意想不到的妙著。

霍鳴玉此刻軟硬兼施，狠打細拆、快擊嚴防，不消二十招，就把那弟子打倒在地。

大街上圍觀的人潮已滿坑滿谷，都鼓掌叫好：「形意門果然了得！霍大小姐如果出賽，定是這屆冠軍！」

不單他們這邊打得熱鬧，酒樓內還有許多各路高手也乘著酒興亂打開來。

一條大漢被人打得從酒樓二樓破窗跌出，直落街心，嘴裡兀自大罵：「『點蒼派』的雜碎，有種再來大戰三百回合！」

又見另兩人從大門裡滾出，邊打邊滾，正如兩團肉球。

圍觀人眾又起鬨：「地趟拳鬥遊蛇拳，眞個是烏龜吃西瓜——滾的滾、爬的爬！」

霍鳴玉趕往孟騰浪身邊，剩下的兩名八卦掌弟子見勢不妙，抽身溜了。

霍鳴玉眼見局面一團混亂，當即扯住孟騰浪：「大叔，莫再添是非，快走吧。」

這時，姜無際才率領捕快們趕到，只能望見霍鳴玉遠去的背影。

姜無際遺憾的跺了跺腳。

捕快們素知他心意，都在心中暗笑：「好可惜，錯過了一個大美女！」

十面埋伏

姜無際走路的樣子有點奇怪，總是把雙手背在後面，好似踩著石頭過河，一步一步跨得很分明，左腳尚未踏實之前，右腳決不抬起，照理說，這樣走路應該會很慢，偏偏他移動的速度卻很快，一眨眼就已走出老遠。

現在他來到自己住處前的空地上，那是一大片草地，還有幾十丈遠才能進入家門。

他第一腳踏上草地，隱藏在草叢裡的一面插著狼牙尖刺的大竹排就猛地迎面豎起。

換作平常人，腦袋早就被打爛了！

然而，姜無際沒有做出任何閃躲的動作，這「狼牙滾排」竟打了個空，宛如打在了一條鬼影之上。

姜無際完全沒有改變走路的節奏，渾若無事的繼續前行，樹上、草中又交叉飛出幾十面繩網，毫無縫隙的朝他身體罩落。

姜無際依舊不疾不徐的走著，那些連蒼蠅都能捕捉的繩網、套索又全都落了空。

姜無際以不變應萬變，堅定的走向自己的住處。

下一剎那，伏擊又從四面八方發動了，二十多把「諸葛連環弩」一起射出三百多支勁箭，往他的全身上下攢射而至。

姜無際仍沒閃避，那些箭仍射不著他。

他到底是人是鬼？

黑暗中人影幢幢，十幾條大漢湧了出來，把姜無際包圍在中間。

爲首一人闊面濃鬚，長相十分威武，身長八尺，虎背熊腰，顯然練就了一身硬功夫；手下弟子也全都是鐵打的金剛、銅鑄的羅漢。

姜無際不驚不懼，淡淡道：「閣下想必就是『崆峒派』掌門『暴雷』熊炳輝？我早就知道你進城來了。」

熊炳輝已然親眼目睹他鬼魅似的身手，心中的震驚難以言宣，騎虎難下之餘，顯得色厲內荏。「姜無際，你抓了我的徒兒『黑面狻猊』伍壁，莫非是想跟我們崆峒派全派爲敵？」

姜無際沉聲道：「伍壁在四月間犯下了殺人重罪，法理難容，我沒去追究你管教不嚴的責任，就算是你的福氣，你居然還敢向我興師問罪，究竟視國法爲何物？」

「國你娘的法！」

崆峒派的四大金剛之一「火眼犀牛」馮淵最爲火爆魯莽，猛衝上前，舉刀就砍。

姜無際仍不動。

眾人分明眼見那刀從他頭顱正中砍下，但下一刻，姜無際依然好端端的站在那兒，連根頭髮都沒掉！

崆峒派眾人全都驚呆了。

這是什麼武功？這還是個人嗎？

莽撞愚蠢的馮淵哪肯信這種邪？接連又是幾刀劈出，一刀比一刀更快更猛。

但不管他怎麼砍，姜無際還是氣定神閒的站在原處，不動、不閃、不躲，那刀就是砍不著他，或者是——砍不死他？

熊炳輝率隊前來洛陽之前，他的師叔「鬼影子」杜丹就曾再三勸阻，說姜無際的本領比鬼還厲害，他不願聽、不肯信，而他現在不能不承認，就算是鬼碰到了姜無際，也非得甘拜下風不可！

「退！」

熊炳輝一聲令下，大家一起轉身拔腿就跑，但才跑出一步，就發現姜無際居然笑嘻嘻的站在他們面前。

「不給個交代就想走？」

大家的腳都軟了，呆站在那兒，不知該怎麼辦才好？

熊炳輝看似威猛，其實能屈能伸，垂首涎笑道：「姜總捕、姜大俠，大人不記小人過，您就饒了我們這一次。伍壁犯了殺人罪，確實該死，我們不會再替他出頭了。馮淵，你這蹩腳行貨子，竟敢捋姜大俠的虎鬚，還不快滾過來給姜大俠磕頭道歉？」

馮淵也是個挺不住的阿斗，跑過來「咚咚咚」的連磕了幾十個響頭。

姜無際本想嚴厲追究他們襲擊官差的行爲，但見他們卑躬屈膝的可憐模樣，心就軟了，厭煩的嘆了口氣道：「好了好了，你們走吧。」

王道就是「快」！

山膏又一臉責備神情的坐在床上：「小籠包買回來了嗎？」

姜無際摸摸牠的頭：「這幾天忙翻了，等抓到那個沒天良的點穴高手之後再說吧。」

「那些崆峒派的都嚇跑啦？」

「他們在外面裝設機關，難道你都沒看見？」姜無際板下臉。「爲什麼不先通知我？」

「你需要我幫忙嗎？」山膏毫無自責之心。「就讓他們見識一下你的厲害。」

「讓那些窩囊廢開開眼界，太不值了。」

「他們以爲你是個鬼，不知道你只是動作快得讓肉眼看不見。」山膏賣弄著學問。「武林中人只知以『力』爲尊，卻不知唯有『快』才是王道！」

姜無際躺上床，打個大呵欠：「好了，別以爲自己是武學名家了。」

山膏也打了個呵欠，躺在他身邊：「老大，今晚怎麼不帶妞兒回來亂搞？」

姜無際沉默半晌，臉上閃出夢幻般的光澤：「我剛才看見我的心上人了，現在可要做個好夢！」

自己先打一架

一大清早，形意門的廣場上就展開操練。所有的弟子全員到齊，這是昨天晚上大師兄趙鷹發下的命令，讓大家都有些納悶：「莫非有重要事情公布？」

一趟拳打完，趙鷹走到正前方，大聲道：「還剩六天，拳鬥大會就要開始了，我們形意門還沒有決定出賽者是誰，所以今天一定要做出決定。我想先問問大家有何意見？」

弟子們你看我、我看你，都沒個主意。

趙鷹道：「依我跟二師弟的想法，我們今天先自行舉辦一個擂臺賽，得勝者就是拳鬥大會的代表。」

張小衮一向嘴快，搶著發問：「我們每個人都要上去打嗎？」

厲鋒道：「當然是自認有資格的才上臺。」

張小衮笑道：「那就只有你們兩個跟大小姐了，干我們什麼事兒呀？」

弟子們都拚命忍住笑聲，但仍響起許多「嗤嗤嗤」的竊笑。

張小衮又道：「我們自己先打一架，萬一打了個兩敗俱傷，怎麼辦？這就叫親痛仇快。」

厲鋒忍怒道：「就你的話多！」

「我跑堂的嘛，這是我的職業病。」張小衮油嘴滑舌。

厲鋒還想再罵，忽見兩、三名丫頭慌慌張張的從後院跑來：「大伙兒……快……快……三姨太被殺了！」

兇手就是你！

三姨太倒在臥房裡，口吐鮮血，似是胸口遭到重擊而亡。

「太可惡了！」張小衮叫道。「居然有賊人敢到我們這裡來行竊？」

趙鷹皺眉道：「你為何一口咬定是竊賊所為？」

張小滾楞了楞，說不出個所以然：「因爲……因爲……」

「因爲兇手就是你！」

霍鳴玉的語聲在門外響起，緊接著人就走進房中，面罩寒霜，目現殺機。

張小袞慌道：「大小姐，妳怎麼這麼說呢？」

「前天晚上子時左右，我看見你從後門走出，有沒有這回事？」

張小袞猛然怔住，張口結舌的像隻大蝦蟆：「但，那是前天晚上……」

厲鋒厲聲道：「你半夜三更的跑來幹什麼？決無好事！」

張小袞這才回神，嚷著：「大小姐，有一件事情我想跟妳說……」

話還沒說完，早被厲鋒一拳打得滿口是血。

「先把他拿下。」霍鳴玉吩咐眾人。「快去捕房報案。」

神轎上的偶像

延慶門大街幾乎每天都會堵轎，這個月因爲經常有人當街鬥毆，堵得特別兇。

這時，突起一陣騷動。「天下第一神捕來了！神轎出動，有大案要辦！」

姜無際坐在一具由四名捕快扛著的肩輿上，副捕頭鄭千鈞率領董霸、薛超在前開道。

百姓們紛紛讓路，牛車、騾車、手推車等大小車輛更連忙停靠一邊。

外地來的各路英雄好漢都沒見過這等排場，竊竊議論：「天下第一神捕？好大的口氣、好大的派頭！」

原來每逢大案，捕房就會擺出這種陣仗，以免被堵得走不動，所以姜無際的這頂肩輿竟被大家戲稱為「神轎」，姜無際坐在上頭，如同一個花車遊街的偶像。

許多少女湧上前來，尖叫著朝姜無際拋擲鮮花。「姜帥哥！姜神捕！薑絲炒鮮肉！」

姜無際坐得高高的，滿臉笑容的掃視少女們，一邊低聲發表評論：「那個的胸部很漂亮，那個的屁股很翹，嗯，那個弄一下應該很舒服。」

董霸問著：「姜總，先辦案還是先追妞？」

「呃，唉，還是先辦案吧。」

破案神技

一行人走走停停，終於進入形意門總部大門。

張小衮被打得遍體鱗傷，五花大綁的躺在練武場上，趙鷹、厲鋒與眾弟子都圍著他。

一見姜無際等人進入，厲鋒與眾弟子都面帶不屑，趙鷹則迎上前去：「姜總捕頭。」

捕快們放下肩輿，姜無際起身還禮：「貴府發生什麼狀況？」

趙鷹道：「敝派掌門人的三姨太被歹人殺死在房間內。」

姜無際望向張小袞：「你們爲什麼認爲是他？」

趙鷹道：「他前天夜裡就在後院鬼鬼祟祟，所以必定是他無疑。」

姜無際淡淡一笑：「前天晚上的帳，算到了昨天晚上？」

厲鋒冷哼道：「捕快難道不會推理？前晚已經心懷不軌，昨晚當然更是賊心大起！」

張小袞委屈的嘴才一張開，可又挨了厲鋒一拳。

姜無際道：「他可是貴門中人？」

趙鷹道：「此人名叫張小袞，確是本門弟子，入門還不到兩年，平常在進財大酒樓跑堂。」

姜無際點點頭，走到張小袞面前：「你有何辯解？」

張小袞哭嚷：「冤枉啊！」

厲鋒又狠狠踹了他一腳：「沒打死你就不錯了，你還喊冤？」

姜無際皺眉瞪著厲鋒：「我沒追問你們動用私刑就不錯了，你居然還在我面前一再公然毆打未經查實的嫌疑人？」

厲鋒喝道：「姜無際，你想在我們這兒耍威風？也不掂掂自己有多重？這兒可是武林盟主總壇——形意門！」

「二師兄，不得無禮。」隨著話聲，霍鳴玉從大廳中走了出來。

捕快們都因她的明豔照人而爲之心頭猛震；姜無際更瞅得目不轉睛，嘴巴張得老大。

霍鳴玉瞧清姜無際的面貌之後，也頗驚訝：「原來你就是大名鼎鼎的姜總捕？」

在場眾人都一怔：「他倆早就認識了？」

厲鋒心中醋意翻湧，厲聲道：「小師妹，這傢伙太目中無人了！」

霍鳴玉沒理他，一直走到姜無際面前：「聽說姜大捕頭辦案如神，可否讓我們開開眼界？」

姜無際仍呆呆的盯著她，口水都快流了出來。

霍鳴玉見他這色鬼模樣，心中有氣，別過頭去。

厲鋒怒吼：「看什麼？小心我把你眼珠子挖出來！」

姜無際皮皮的笑著：「美女就是要給人看的嘛。」

「你……」厲鋒舉拳想打人，趙鷹急忙制止。

霍鳴玉冷板著臉：「姜總捕，你若不想辦案，我們就只好請你出去了。」

姜無際笑了笑：「既然美女有所請求，那我就獻醜啦。」

他竟把辦案當成獻技，也眞是聞所未聞。

霍鳴玉、趙鷹、厲鋒等功力高強的弟子立時覺得廣場上似有一陣怪風吹過，不禁四面張望了一眼，但並沒看見任何異狀。

緊接著就見姜無際一屁股坐倒在捕快們早已移放在他身後的肩輿上，一臉灰敗之色，不知怎地渾身是汗，好似非常疲倦。

霍鳴玉、趙鷹忙問：「姜總捕，你怎麼了？」

捕快們都一臉輕鬆：「沒事沒事，他都是這樣，沒事。」

姜無際喘息了好一陣子才回過神，但仍很虛弱，有氣無力的說：「把你們的廚師老康帶過來。」

眾弟子竊竊私議：「他怎麼知道我們有個廚師叫老康？」

過了一會兒，一名弟子帶著白髮蒼蒼、瘦弱異常的老康從後院走過來，他莫名其妙的站到姜無際面前。

姜無際冷笑道：「你還不認罪嗎？」

眾弟子一片譁然，霍鳴玉更是面露不以爲然的神色。

老康囁嚅著：「我……我不知道你在說什麼？」

姜無際中氣不足的說著：「昨天晚上亥時三刻，你先把迷魂香吹入三姨太的房間，然後進入房內，意圖行竊，不料三姨太沒中你的詭計，起身反抗……」

厲鋒實在聽不下去了：「等等！等等！三姨太的形意拳雖然沒有練得很好，但尋常人等根本近不得她身。」

姜無際咳了一聲，道：「你們不知道這老康是個高手嗎？」

這個只會燒飯做菜的老頭兒竟是個武林高手？

眾弟子忍不住大笑出聲，老康也連連傻笑。

鄭千鈞忽地掄起水火棍，從側面打了老康的膝蓋一棍。

老康渾若無事，臉色可已變了。

鄭千鈞冷笑：「我這一棍可以打裂一塊城磚，他卻跟個沒事人兒一樣，你們說他是不是高手？」

眾弟子這才有點傻了。

老康顫巍巍的跑到霍鳴玉面前跪下：「大小姐，他們怎麼想要冤枉我？我在霍家侍候老爺和小姐已經十多年了……」

被綑倒在地下的張小袞突然發問：「老康，清湯獅子頭跟紅燒獅子頭的作法有什麼不一樣？」

老康被他這麼沒來由的一問，攪得愣在當場，臉上浮起一絲陰狠之色。

張小袞大聲道：「你前天晚上才教我的，怎麼今天就忘了？」

老康更是目露兇光。

姜無際驀地大喝：「小心他偷襲！」

他話沒說完，老康已從地下虎蹦起身，撲向霍鳴玉，想抓住她作為人質。

霍鳴玉反應神速，一式「霸王卸甲」，脫開了他的擒抱。

眾弟子大嚷：「這傢伙果然是個練家子！」

趙鷹、厲鋒左右衝上。老康的拳法竟頗高明，以一敵三，且戰且走。

霍鳴玉見他路數怪異，竟不知是何門何派，但幾招之後就看出他下盤不穩，瞬即舉右拳在他眼前一晃，誘得他往左邊閃躲；左腳跟上，一記旋踢，正中他面門，頓時倒地不起。

弟子們一湧而上，將他五花大綁。

霍鳴玉一腳踩住他胸膛，怒罵：「老康，你可真會裝！騙了我們這些年！」

姜無際虛弱的坐在肩輿上，嘆道：「你們的老康大概已經死了，他是易容改扮的。」

趙鷹聞言，一揪他頭髮，連頭皮帶臉皮一起抓了下來，露出一張陰狠的臉龐。

霍鳴玉驚問：「你究竟是誰？」

「老康」嘿然冷笑，半字不答。

霍鳴玉轉問張小衮：「你剛才說什麼獅子頭，是什麼意思？」

「我跟老康太熟了，剛才一聽他說話，就覺得嗓音不對，所以才用獅子頭的作法來試探他。」

霍鳴玉心下萬分慚愧。老康跟隨霍家這麼多年，她卻一直都不太在意他，使得她竟分辨不出他聲音的眞假，還不如張小袞這個外人！
趙鷹唉道：「原來你是來找老康的？」
張小袞委屈的扁了扁嘴：「我前天晚上是來跟老康學做菜的。我經常來找老康學做菜，我總不能當一輩子的店小二吧？」
眾弟子大笑。「喲，你居然挺有上進之心！」
張小袞又裝模作樣的大嘆：「一個奮發有爲的年輕人，竟被一個死腦筋當成了賊，眞是天理何在呀？」
厲鋒知道他是在損自己，氣得大叫：「你根本胡說八道，學做菜需要這樣偷偷摸摸的嗎？」
張小袞理直氣壯：「我在酒樓從早忙到晚，如果不在半夜來，我哪有時間？」
趙鷹笑著敲了敲他的腦袋：「快給他鬆綁。」
霍鳴玉心頭一動，想問他那夜有沒有看見三姨太的姦夫是誰?當然依舊問不出口。
姜無際命令捕快：「將此人帶回去問話。」又對鄭千鈞道：「你負責勘驗命案現場與屍首。」
「是！」
董霸押著「老康」，其餘捕快們抬著姜無際離去；姜無際雖虛弱，仍不捨的瞟了霍鳴玉好幾眼。

形意門的弟子全都恭恭敬敬的送姜無際出門，一邊竊竊議論：「眞的是太神了，沒用一炷香，就破了一件人命大案，他是怎麼辦到的？」

霍鳴玉望著姜無際的背影，也露出欽佩已極的神情。

趙鷹怪道：「這個姜無際究竟是神還是人？他連命案現場都沒去，屍體也沒看，什麼都沒碰，怎麼就這樣破了案？」

霍鳴玉驚嘆：「聽他歷歷道來，宛若親眼看見一樣，眞是不可思議。」

厲鋒猜測著：「莫非用的是什麼邪法？」

趙鷹正色道：「二師弟，不是我說你，你也太衝了。」

霍鳴玉笑道：「這下你可服了？」

厲鋒不好意思的搔著頭：「確實了不起！我等下去跟他磕個頭、道個歉，總可以了吧？」

霍鳴玉道：「我們都該去，我還有許多疑問，想問問他。」

「妳就別去了，聽說他是個十足十的色中餓鬼。」厲鋒滿心醋味的緊盯她。「小師妹，妳早就認識他了？」

霍鳴玉一陣慌亂：「沒……沒有……今天是第一次見面……」

張小袞這會兒可又大聲了：「喂，二師兄，你怎麼把正事給忘了？」

厲鋒一見又是他發話，老大沒好氣：「還有什麼正事？」

「你不是要辦個親痛仇快的擂臺賽嗎？怎麼不打了？」

「順延到明天吧。」厲鋒倒也光棍。「第一場就是我對你，我讓你多打幾拳，消消氣。」

兩強爭霸

拳鬥擂臺與觀眾席設在延慶門大街與東大街的交叉口，此時已被圍住，趕工搭建，使得本已壅塞的交通更是雪上加霜。

姜無際一行人只得繞道斜街小巷，走得疙疙瘩瘩。

董霸罵道：「每隔四年就要來上這麼一回，可眞討厭。」

忽聽路邊有人高喊：「形意門的掌門人『鐵拳』霍連奇已經回到洛陽來參賽了！」

路人們一聽，精神都來啦，紛紛議論：「這回又是形意門與七殺門兩強爭霸的局面了，精彩可期！上一次，霍連奇和耿天尊打得天昏地暗，多好看啊！對啊，兩個人都打得渾身是血，耿天尊的兩個眼窩簡直就像是兩團豬尿泡，腫得這麼大，還在打！霍連奇的嘴角都已經裂開到太陽穴上面去了……」

捕快們也都興奮得很，只有薛超皺眉不已：「不是說霍連奇這回不參加了嗎？怎麼還是耐不住寂寞？」

姜無際仍無精打彩，坐在肩輿上似已睡熟。

還沒回到捕房，就見兩名衙役迎上前來。「知府大人有請姜總捕，有要事相商。」

抓黃牛

羅奎政的心情又不佳了，在自家的正廳裡踱著步。

姜無際一進來，他就發作嘮叨：「拳鬥大會的門票，前天還剩百分之三十沒賣掉，不料這兩天忽然一下子銷售一空！」

「這不是很好嗎？」姜無際有氣無力的說。

「本來是很好。」羅奎政的火氣不從一處冒出來。「但是今天聽說外面居然有人賣起了黃牛票，票價比官定的票價貴了五倍不止，而且還在不停的飆漲！」

姜無際不解：「這又如何？官府已經賺到了該賺的錢。」

「喂，那些刁民藉著這個機會大發其財，怎麼可以？他們怎麼可以比我們知府衙門賺得更多？」羅奎政跳腳。「此風不可長，必得要把那些刁民繩之以法！」

「現在是自由市場經濟，只要有人願意買黃牛票，那就是一個願打、一個願挨，有誰管得了？」姜無際打了個大呵欠。「今年的拳鬥大會這麼火熱，大人可以再多設幾排貴賓席，然後把票價賣得更貴。」

羅奎政喜上眉梢：「耶，這倒是個好主意！」念頭一轉，仍然堅持。「不管怎麼樣，還是得嚴懲那些黃牛。」

「但是，大宋律法裡並沒有懲處黃牛的條例。」

「我不管，一定得把他們抓起來！」

「大人，這事兒還是交給鄭副總捕去辦吧。」姜無際的眼皮都快撐不住了。「我剛剛破了一件大案，現在累得要命，只想回家睡覺。」

羅奎政冷哼道：「累得要命？你一走出這裡，如果碰到一個大胸脯、翹屁股的姑娘，馬上就會把她帶回家去幹那碼子事兒。」

「知我者，羅大人也。」姜無際笑得很高興。「對我而言，『那碼子事兒』跟『累』，可完全搭不上邊。」

這個副總捕也很厲害！

鄭千鈞的辦案經驗堪稱豐富，他已勘驗過命案現場，翻箱倒櫃、頗爲凌亂，典型的偷竊不成而殺人。

「兇殺命案不外情殺、財殺、仇殺或偶然的意氣之爭。」鄭千鈞如此想著，並不遽下判斷，因爲兇手有時會故布疑陣，尤其這人竟還先易容改扮，殺了人之後又不立即逃走，顯然內情並不單純。

回到捕房，他便把那假扮老康的漢子帶入偵訊室。

「你叫什麼名字？」

「隨便。」「老康」神情木然的坐在桌前，鄭千鈞一眼就看出他心中正轉動著無數念頭。

「你是何門派？」

「無門無派，江湖浪人。」

「你想偷什麼東西？」

「有什麼偷什麼。」

「那你爲何先易容，再偷竊？」

「因爲我高興、好玩！」

鄭千鈞笑道：「我也想跟你玩一玩，不過你要先把你背後的指使者告訴我。」

「老康」乾咳一聲，道：「沒有人指使我。」

鄭千鈞突如其來的拍桌大吼：「你的拳路明明就是七殺拳！」

「老康」不屑哂道：「你根本是個外行人，看得懂什麼拳路？只會滿嘴胡說八道。」

鄭千鈞立刻換上了一張笑臉：「我確實不懂什麼七殺八殺，對我來講太深奧了一點。」突又把臉一板：「我只知道一件事，易容改扮不是一個人可以獨力完成的。」

「老康」有點招架不住了：「我……就可以。」

鄭千鈞連連搥桌：「霍家到底有什麼寶物？這件事，你們策畫了多久？老康的屍體藏在哪裡？」

「老康」的額頭冒出汗珠，鄭千鈞正想步步進逼，董霸走了進來：「知府大人要你到街上去抓黃牛。」

「什麼？這種事情爲什麼該我們捕房去做？」

「不做不行啊。」董霸聳了聳肩膀。「聽說知府大人正火冒三丈呢。」

鄭千鈞煩惱的揉著太陽穴，薛超卻又走了進來：「形意門的那個大美女來找你。」

「唉，好吧，先把這傢伙關回牢裡，明天再審。」

「老康」臨出門時，鄭千鈞又突地在他背後拋出一句：「明天我要跟你請教製作人皮面具的技巧，你可一定要準備好。」

「老康」汗流浹背的暗忖：「之前只有人告訴我，姜無際很難纏，不知這個副總捕也厲害得緊。」

霍家的寶物

鄭千鈞一走出捕房，霍鳴玉與趙鷹、厲鋒就迎上前來。「副總，兇手都供出了些什麼？」

鄭千鈞道：「霍大小姐，正想問妳，貴府可有什麼珍貴的寶物？」

霍鳴玉大搖其頭：「據我所知，三姨媽的房間裡根本沒有什麼貴重物品。」

「賊人決非普通的竊賊，他先經過易容之後再下手偷竊，何必這麼大費周章？殺了人之後還不逃走，還想繼續臥底，可見貴府定然有令人覬覦的東西。」

「我家……」霍鳴玉絞盡腦汁。「哪有什麼值錢的東西？」

厲鋒眼珠滾動，忽道：「會不會是，掌門人收藏了什麼拳譜祕笈之類的？」

霍鳴玉失笑：「哪來的拳譜祕笈？形意門的拳法都在大家的腦子裡。」

厲鋒臉上仍有不信之色。

鄭千鈞道：「就各種線索判斷，兇手定非一人，背後應該還有主使者。」

「還有幕後主使者？」霍鳴玉等人都爲之神情一震，厲鋒搶著說：「那兇手的拳路雖然並非七殺拳，但我想此事必定是由七殺門在背後指使。」

趙鷹皺眉道：「七殺門縱然歹毒陰狠，但也不至於幹出這種雞鳴狗盜的事情。」

鄭千鈞笑道：「我也曉得七殺與形意有些瓜葛，這當然是調查的重點，我剛才已經試探過他，他還沒露出口風，我會繼續逼問。」

霍鳴玉心中其實還有另外一個大問號：三姨太雖已死亡，但她的情夫究竟是誰呢？她的死因會不會跟這祕密情人有關？他會不會就是幕後的主使者？

然而這件醜事，她仍說不出口。

趙鷹道：「副總，我們想拜訪姜總捕，並致謝忱。」

鄭千鈞曖昧笑道：「他啊，病了，在家休息，不見客。」

霍鳴玉有些意外：「病了？剛才不是好好的？」

「他每次辦完大案，都會這樣，沒事兒，你們過幾天再來吧。」

父親的祕密

大街上又有許多高手在混戰。

趙鷹等人經過，覺得有點好笑。「這些人，不等大會開始再打，現在打個什麼勁兒？」

厲鋒道：「反正他們參加大會也只是襯托而已，不如現在先打個痛快。」

霍鳴玉一逕沉思。

趙鷹問道：「小師妹，想些什麼呢？」

霍鳴玉憂心忡忡：「我在想，姜無際病倒了，萬一那假老康的背後主使者去找他報仇，怎麼辦？」

厲鋒失笑：「妳也太多慮了。」

這時，路邊有人高喊：「形意門的掌門人『鐵拳』霍連奇已經回到洛陽來參賽了！」

霍鳴玉等人都楞了楞。「哪有這回事？」

放話者是個年輕小伙子，素來在茶館裡替人幫閒跑腿，名喚唐丟毛，他喊了一聲不夠，還繼續沿街喊去。

霍鳴玉等人追上他。「你這消息從哪裡來的？」

「我剛才還看見他啊。」唐丟毛言之鑿鑿。「他就在那邊的茶館裡喝了杯茶。」

霍鳴玉才一轉頭，唐丟毛已從懷裡掏出幾張票券：「今年的拳鬥大會可精彩了，形意、七殺兩強相遇，新仇舊恨一次算清！我有幾個朋友想來看，但是後來又不來了，所以多出了好幾張票，你們想不想買？」

霍鳴玉冰雪聰明，當然明白他在耍什麼花樣，冷笑著說：「你是賣黃牛票的？」

唐丟毛唉道：「幹嘛要說得這麼難聽，我就是買多了唄。」

趙鷹問：「你一張要賣多少？」

「三十兩白銀。」

官定的票價是五兩，他竟要賣三十兩！

「大宋」宰相一個月的俸祿是白銀三百兩，縣令只有十五兩；一個小官吏的家庭，一個月的開支大約四兩半，普通家庭只需一兩半便已足夠。

雖說現在有錢人滿街都是，但一張票賣三十兩，簡直是吃人不吐骨頭！

霍鳴玉一把抓住他衣領：「什麼霍連奇回來了，你根本就是故意亂放話，藉以哄抬票價！」

唐丟毛呼天搶地：「我說的都是眞的呀！若有半字虛言，天打雷劈！」

厲鋒厲喝：「霍掌門回來了，我們爲什麼都不知道？」

唐丟毛囔囔：「你們爲什麼會知道？」

「我們都是形意門的。」

唐丟毛的臉色變了，但仍嘴硬：「他不想讓你們知道，我怎麼曉得他是爲了什麼？也許他家裡都是惡妻孽子，所以他不願意回家！」

霍鳴玉氣得舉起手來想打，但許多念頭電閃過腦際：如果父親眞的已經回到洛陽，卻躲在外面不進家門，莫非在幕後指使兇手的就是他？

再者，家中若果眞有什麼寶物，爲什麼她從小到大完全不知情？

霍鳴玉覺得頭快要裂開了，不敢繼續再想下去，轉身就走。

唐丟毛兀自大喊：「喂，你們今天不買，明天可要漲到三十五兩了喲！」

烏有道長的計謀

十三太保中的西門四快步穿過山門，進入紫雲觀大殿，耿天尊與另外十一名門徒正在大殿內等待。

「報告門主，蕭七被抓了！」

耿天尊大驚：「什麼？他的裝扮被識破了？」

大弟子馬首跌足道：「烏有道長還說他的易容術高明，一定不會被揭穿，結果竟搞成這樣？」

鄧五焦躁的說：「聽說那姜無際辦案如神，蕭七禁得起他的審訊嗎？萬一蕭七和盤托出，我們七殺門的臉可丟大了。」

十三太保紛紛搶道：「是啊，我們居然派人去偷東西，這像話嘛這……還殺了人家的三姨太，太陰毒了……那個烏有道長出的主意可真餿啊……」

耿天尊忙壓低聲音：「你們別亂嚷嚷！道長承諾會讓我們擊敗形意門，我們以後就可以在洛陽紮營開館、落地生根了。」

原來這就是烏有道長讓一向桀驁的耿天尊俯首聽命的主要原因。

弟子們還想再說，烏有道長已從後面走出，可是一副仙風道骨，慈眉善目的模樣。

耿天尊慌張行禮：「道長……」

烏有道長大剌剌的坐於正中：「這些天住得還習慣吧？」
耿天尊恭敬應道：「當然當然，洛陽可比我們橫州那鳥地方強多了。」
西門四冷板著臉：「道長，昨天你叫蕭七去假扮形意門的廚子，還保證他一定不會被抓，結果……」
烏有道長忙問：「他被抓了？」
「沒錯。」
「是姜無際識破他的？」
「沒錯。」
「那好啊！」烏有道長拈鬚長笑。「姜無際那廝中計了！」
十三太保見他如此，都心中有氣。「莫非道長是故意讓蕭七被抓的？」
「被抓就被抓，有什麼了不起？」烏有道長又問：「偵訊過了嗎？」
「不曉得。」
耿天尊忙向弟子們做解釋：「當初我派蕭七去出這任務，就是因爲他本是『燕山派』的，後來才帶藝投師，所以我吩咐他，若要動手，千萬別使出七殺拳，因此僅從拳路觀察，必查不到七殺門頭上來，你們大可放心。」
十三太保仍紛紛質問：「可是，道長派我們的人去形意門偷竊、殺人，到底有何用意？」

烏有道長把臉一板：「你們想不想贏得拳鬥大會？想不想日後在洛陽營生？」

馬首皺眉道：「這我就不懂了，拳鬥大會跟那些卑鄙的勾當有什麼關連呢？」

烏有道長輕笑：「你們不懂的事還多著呢。」

耿天尊又板臉囑咐弟子：「道長神機莫測，你們以後就別再瞎猜疑了。但有吩咐，照辦就是。」

十三太保俱皆不悅的尋思著：「門主在那雜毛老道面前，怎麼跟個小孩子一樣？」

又聽烏有道長沉聲道：「大弟子馬首聽令。」

馬首不情不願的走上前去。

「今晚該你去辦一件大事。」

馬首勉強點頭：「任憑道長分派。」

姜無際的壞習慣

每當姜無際漂亮的破解了一件大案之後，他的住處外就會聚集著許多追星少女，她們都只敢站在外圍的草地邊緣，期盼著閃亮大明星姜無際的出現。

霍鳴玉懷著日間替姜無際擔憂的心情，想來幫他巡查一番，看見這種情形便即一楞。

「這還需要我幫忙嗎？」轉身就待離開。

忽見屋後的樹林中有黑影晃動。「莫非眞有人想來刺殺他？」繞到屋側，躍上一棵大樹，再悄無聲息的登上屋頂，用腳尖鉤住屋簷，使了個倒掛金鉤式，向內窺望，姜無際正與一名少女光溜溜的在床上攪成一團。

少女咯咯笑：「你好壞！」

姜無際喘息著道：「再來一次。」

一隻紅色小豬站在床邊，口流涎沫，恍似很想加入戰團。

看得霍鳴玉差點從屋頂上摔下去，暗啐一口：「眞無恥！」正欲離去，驟見三名黑衣蒙面人從另一個方向潛行而至。

霍鳴玉伏低身子，趴在屋頂上，觀察後續狀況。

這三個來人正是七殺門的馬首，還帶了金六與歐陽八。

他們來至屋後，戳破窗紙向內窺探，登即雙眼發直，心癢難耐。

歐陽八竊笑：「嘿，這小子，不上班躲在家裡，原來這麼爽！」

金六悄聲道：「老大，現在就動手？」

馬首不捨的窺望：「呃，看完了再說吧。」

三人繼續偷看，霍鳴玉則在屋頂上氣悶不已。

又不知過了多少時候，才聽那少女道：「我……我不行了……」

姜無際柔聲道：「我也累了，妳回去吧，免得父母操心。」

少女起身，穿衣離去；姜無際躺在床上，又顯得十分虛弱。

紅色小胖豬蹦跳上床，居然開口就是人話：「你這混帳王八蛋，說要幫我找一隻母豬，怎麼到現在還沒個影兒？」

屋頂上的霍鳴玉又嚇一跳，差點跌下屋頂。「那豬怎麼會講話？」

窗外的馬首等人也都楞住了。

姜無際唉道：「山膏，現在是我的『休眠期』，外面又有許多人等著殺我，你就別煩我了吧。」

霍鳴玉和馬首等人又都一愣。

山膏罵道：「外頭那些狗娘養的算什麼東西？敢進來，看我日他們的屁股！」

馬首等三人氣得破窗而入。「納命來！」

姜無際的神勇竟然全都消失了，他病懨懨的躺在床上，全無抵抗能力，幸虧手還能舉起，拉動床頭一個機關，立時落下一個大鐵絲罩，把整張床都罩在裡面。

馬首等人被隔住，看得見姜無際，卻下不了手。

姜無際悠哉笑道：「這幾年想刺殺我的人可多了，沒點準備怎麼行？你們可以回去了，我眞的很睏咧。」

馬首等人繞著鐵絲罩走了好幾轉，束手無策。

「用飛刀射他！」歐陽八出主意。

山膏罵道：「你這個大棒槌，飛刀射得進來嗎？射你自己的小鳥啦！」

馬首喝道：「用火燒、煙薰！」

姜無際可笑不出來了。

山膏嚷嚷：「我的媽呀，他們想吃烤乳豬！」

馬首等人從廚房搬來許多木柴，堆在床前，就要點火。

霍鳴玉不能再坐視不理，從屋頂翻下，衝入房內：「你們是七殺門的？」

「要妳多管閒事？一起殺！」金六一拳就打了過去，因見她是個女子，先就懷了輕敵之心，隨手一招，破綻百出。

霍鳴玉則是因爲他們有三個人，必得採取速戰速決的戰術，左手架開金八來勢，毫不留情的右拳已打上金六頭顱，讓他爛泥似的癱倒在地。

馬首與歐陽八嚇了一大跳，慌忙聯手對敵。

馬首的武功在十三太保中最爲高強，霍鳴玉在他倆的攻擊下，開始有點左支右絀。

山膏在床上亂跳亂嚷：「那個小妞兒完蛋了，她的腦漿要被打出來了！她的心要被打爛了！我不忍心看了，不敢看不敢看！」

「你安靜一點行不行？」姜無際開聲提醒：「霍姑娘，來床頭。」

霍鳴玉別無選擇，只得退到床頭部位。

鐵絲罩上隱藏著一道活門，姜無際打開活門，把霍鳴玉拉上床。

霍鳴玉沒好氣的說：「這樣有用嗎？還不是死路一條！」

馬首、歐陽八大笑，又去點火。

山膏罵道：「臭小妞兒，什麼都不懂，不要評論我們大人的作爲。」

霍鳴玉啼笑皆非。

姜無際嘆道：「好啦，我知道你愛炫耀，這回就讓你去拉機關吧。」

山膏高興的跑去用長嘴巴拉動另一個機關，整張床就翻了過去。

馬首、歐陽八楞在當場。

罵人之豬

床底下是一條地道，牆壁上插著許多早已準備好的火把。

姜無際點亮兩支火把，遞給霍鳴玉一支。

「這地道通往哪裡？」霍鳴玉不失警戒之心。

「通往捕房。」姜無際又無奈嘆氣。「唉，想好好的休息一下也不行。」

霍鳴玉冷笑：「你剛才是在休息嗎？」

山膏笑道：「吃醋啦？小心眼的臭婆娘。」

霍鳴玉怒道：「你這小豬，嘴巴乾淨點！」

姜無際勸道：「別叫牠小豬，牠會生氣的。」

霍鳴玉皺眉：「就沒看過這種怪東西。」

姜無際好心介紹：「牠叫山膏，是苦山的特產。平常沒什麼缺點，就是愛罵人。」

山膏哼道：「說這什麼話？我罵你娘了？」

姜無際無奈搖頭。

烏有之掌

剛才與姜無際纏綿的少女小玲心情愉悅的走在小路上。

倏然，前方一人擋路。

是面露慈藹笑容的烏有道長。

「小姑娘家夜半獨行，不怕危險嗎？」

不知天高地厚的小玲見他慈祥如父，還想跟他撒撒嬌。

烏有道長的手已伸了出來，那可不是慈父之手，而是遮天蓋地的惡魔之掌！

滅口之毒

假扮「老康」的蕭七坐在牢房裡，心中直發牢騷。

昨天門主耿天尊與烏有道長把他找了去、叫他假扮形意門廚子的時候，說得多好聽。

「我的易容術天下無雙，一定沒有人能夠識破你。」烏有道長這麼說。

「我要做什麼呢？」

「你先假裝朝三姨太的房間吹迷魂香，但那是沒有作用的假香；然後你爬進房去假裝偷竊，要弄出許多聲音，讓三姨太驚醒；那娘兒們練過拳術，但不很精，你可以輕鬆把她打發掉。」

「打暈她？」

「不，打死她！」

蕭七嚇了一跳：「殺人可是死罪！」

耿天尊安撫著說：「你放心，道長自有神通。」

烏有道長又道：「殺了她之後就……」

「就跑回來？」

「不，千萬別回來，繼續留在形意門裡，反正沒人能看破你的身分。」

「還有。」耿天尊補充著。「你千萬不要使出七殺拳的招數，用你原來燕山派的九步斷魂掌。」

蕭七心中多有疑問，但他本就是個窮兇極惡之徒，殺人不在少數，也就沒當成一回事兒。

此刻他思來想去，覺得烏有道長與耿天尊根本是在利用自己，把自己當成了犧牲品。

「既然如此，我何必還要做他們的替死鬼，明天那副總捕頭再偵訊我，我就全盤供出，要死大家一起死！」

這時，獄卒送來飯菜，挺香的，放寬心情的他一口氣吃了個精光。

沒多久，他就覺得舌頭像條蛇似的翻來捲去、最後竟打成了一個結兒。

「怎麼搞的？」蕭七驚慌未已，整個身體也開始扭曲，腹中的劇痛，使他像根彈簧一樣的前仰後合，幅度之大，竟讓前額不停的碰撞到腳尖。

這就是傳說中的「牽機毒」，讓人死得像一隻頭尾對折的大蝦子。

姜無際的休眠期

姜無際在地道中走沒多久，就累得上氣不接下氣，坐倒休息。

一向超級神勇的他，現在竟變成了一個廢物。

霍鳴玉鄙夷的直搖頭：「色字頭上一把刀，瞧你這體力，未老先衰。」

姜無際笑道：「跟那碼子事兒無關，這七天本來就是我的休眠期。」

霍鳴玉怪問：「什麼叫休眠期？」

山膏哼道：「就是不想聽妳說那些屁話。」

姜無際好言相勸：「山膏，對美女要客氣一點。」

山膏哼道：「你不過就是想騙她上床！」

霍鳴玉心下暗怒。

姜無際趕忙轉移話題：「對了，霍姑娘，妳是碰巧路過，還是專程來找我？」

霍鳴玉道：「我……我確實有很多疑問想問你。」

「想問我爲什麼能夠辦案如神？」

「呃，這也是其中之一。」

姜無際悠悠道：「這個嘛，我這神技可以分成五段來敘述。」

霍明玉不解：「爲什麼要分成五段？」

本書最短的一章

姜無際笑得很可惡：「我每說一段，妳就脫一件衣服！」

風流與下流的區別

霍鳴玉氣得刷了他老大一耳光：「你這個人怎麼這麼下流？」

姜無際摀臉涎笑：「這妳可說對了，大家都說我風流，其實我一點都不風流，就只是下流。」

山膏逼問：「妳到底脫不脫嘛？」

霍鳴玉又舉掌想打：「死小豬！」

山膏尖叫著跑出老遠，邊跑邊嚷：「惡婆娘殺人啦！」

姜無際費力站起，一步一步緩慢的向前走：「反正，不付出點代價，就休想知道我的祕密。」

霍鳴玉氣了個半死。

苦情姐妹花

捕房的密室內，暗門一掀，姜無際、霍鳴玉與山膏走了出來。

「快派捕快去抓那些七殺門的壞蛋。」山膏提議。

姜無際笑道：「豬就是沒腦袋，你怎樣證明他們是七殺門的？」拉動一條繩索，外間響起鈴聲，緊接著就見鄭千鈞推門而入。

「姜總？」鄭千鈞楞了楞。

姜無際吩咐：「準備一間客房給霍姑娘。」

鄭千鈞急道：「姜總，那個假扮老康的人死在了牢裡！」

姜無際、霍鳴玉都是一驚。「他怎麼死的？什麼時候的事？」

「就在剛才。仵作還在驗屍，看樣子是被毒死的。」

「你既然知道他的背後有指使者，就應該想到有人會殺他滅口。」霍鳴玉怒聲指責。

「結果你們毫無防備，統統都是飯桶！」

鄭千鈞無奈道：「人犯已被關入牢裡，就不是我們能管的了。」

「反正你們就是怠忽職守！」霍鳴玉愈說愈火。「還有這個身為總捕的人居然還在家裡……還在家裡睡大覺！」

這話使得鄭千鈞又想起一事，更為發急：「還有，姜總，現在全城的捕快都在找你！」

姜無際尚未答言，鄭千鈞已接著說：「你剛才是不是跟一個叫作小玲的姑娘……那個？」

「你的消息倒眞快。」姜無際心裡已有了底，平靜如常。「她怎麼了？」

「她的屍體就躺在你的床上！」

姜無際極力壓住胸中的怒火與對小玲的愧疚，專心於解決目前的問題：「賊人想嫁禍於我？好咧！」一指霍鳴玉。「可我有人證。」

霍鳴玉冷冷的說：「這種齷齪事兒，我才不幫你作證呢。」掉頭就往門外走。

鄭千鈞忙攔住她：「霍大小姐，妳願不願意幫姜總的忙？」

「不幫！」霍明玉頭也不回的走了出去。

鄭千鈞一聳肩：「姜總，若沒有人願意幫你作證，我就沒辦法了。你快走吧！今天我可以裝作沒看見你，明天若再碰面，我可就要逮捕你歸案了。」

姜無際只得帶著山膏追出門外，霍鳴玉在前面大步而行。

姜無際叫道：「霍姑娘，霍姑娘，別走這麼快！」費力的在後追趕。

霍鳴玉冷笑：「想要我幫忙，該你付出點代價了。」

山膏罵道：「好現實的惡婆娘！」

姜無際實在追不上，坐倒哭泣：「我好命苦啊！我幫她破了一件大案，結果她一點都不感謝我，我活著還有什麼意義？」

山膏也嚶嚶啜泣：「別哭了，老大，我跟你一起去坐牢。」

姜無際感激的抱著牠：「我就知道你最好了！」

霍鳴玉見他倆這副熊像，又不免心軟，沒好氣的走回來：「你們這對苦情姐妹花，有完沒完？」

姜無際與山膏都淚眼汪汪的看著她。

頂級柴房

霍鳴玉推開形意門總部後院的柴房門：「委屈點，你們今晚就睡這兒吧。」

「這算幾星級的啊？」山膏頗爲不滿。

霍鳴玉冷著臉道：「話先挑明，明天你們就得走人。我們形意門不能捲入這種下三濫的醜事。」

姜無際面帶哀懇：「可，妳不幫忙，我一出門就完了！」

霍鳴玉怒道：「你要我在公堂上說什麼？趴在你的屋頂上偷看你跟那個少女……？這話說得出口嗎我？」

姜無際嘆了口氣：「唉，也對。」

山膏揚聲：「可妳就是偷看了嘛，做人要誠實。」

霍鳴玉警告著：「小豬，我房裡有針線，小心我把你的嘴巴縫上！」

山膏忙裝出無辜之狀。

我要參加拳鬥大會

大清早，金六坐在紫雲觀前的廣場邊上，乜斜著眼睛，盡流口水，他竟被霍鳴玉的那一拳給打傻了。

耿天尊與眾弟子都圍著他查看，束手無策。

耿天尊切齒道：「太極十年不出門，形意一年打死人，形意拳實在太狠了！」

馬首憤恨難當：「師父，此仇非報不可！」

烏有道長從大殿內走出，伸了個懶腰：「離拳鬥大會還有幾天啊？」

眾人皆答：「五天。」

烏有道長「嗯」了一聲：「拳法非我所長，要跟你們學學七殺拳法。耿天尊，你來教我。」

耿天尊笑道：「道長方外高人，學我們的拳法有什麼用？」

「我只想學個架式，有個樣子就可以了。」烏有道長隨便擺了個拳招。「否則我代表七殺門上臺鬥拳，豈不就穿幫了？」

耿天尊與弟子們都楞住了。

馬首訝問：「你要代表七殺門上臺？什麼意思？」

烏有道長笑道：「我想幫你們拿冠軍，不好嗎？」

十三太保紛紛大嚷：「這怎麼可以？」

耿天尊道：「道長若也想參加大會，爲何不以個人名義參賽？」

「我若以紫雲觀名義出賽，那就不吸引人了，大家都想看七殺與形意爭霸！」烏有道長深思熟慮的說。「你們想想，這戲碼已經招徠了多少觀眾，連皇帝都親自駕臨，總不能讓他失望嘛，對不對？」

耿天尊強笑道：「道長不諳拳法，我們當然也不敢勞動道長替我們出賽。」

「我不懂拳法，並不代表我不會打。」烏有堅持。

馬首走到他面前，一抱雙拳：「既然如此，馬首領教道長高招。」

「我懶得跟你們打。想看我的本領？跟我來。」

烏有道長悠然步向山下。

怪物現身

「張小袞，來，咱倆先對打。」

形意門廣場上已做好了打擂臺的準備。厲鋒叫了好幾聲，只不見張小袞的影兒。

弟子們都道：「他聽說要跟你對打，今天不敢來了。」

厲鋒望向趙鷹：「大師兄，看來只有我們兩個了。」

「領教！」

趙鷹、厲鋒立時成爲對峙之態。對於他們兩人而言，這一戰甚至比拳鬥大會的正式比賽更重要。

但就在這時，耿天尊與一個老道士率領七殺門人走了進來。

趙鷹、厲鋒一呆之後，上前迎接。「耿門主，四年不見了。」

厲鋒譏刺著說：「您又多收了幾個新徒弟，是不是還有一個被關在牢裡啊？」

耿天尊冷笑道：「四年前，老夫在總決賽中小輸給令師霍連奇一招，可一直耿耿於懷啊。」

厲鋒應聲：「今年恐怕又要舊事重演了。」

烏有道長悠悠的說：「今年有我在，全天下的人都閃到一邊去！」

趙鷹意外：「道長也是七殺門的？」

「等一下就是了。」烏有道長輕蔑的掃視廣場上形意門的子弟。「有誰想來跟我鬥鬥？」

大家見他這模樣，都氣得要命，當下就有一名壯碩的弟子衝上前來，二話不說，一連十幾拳攻上。

烏有道長根本不會躲閃，每一拳都打在他的胸口上。

耿天尊暗中失笑：「雜毛老道不懂拳法，還想逞強，也該讓他嘗點厲害。」打定了袖手旁觀之心，決不出手相助。

烏有道長連挨了幾十拳，連動都不動，打他的弟子反而累得氣喘如牛。

烏有道長笑問：「你打完了嗎？」

把頭一低，一個頭槌，將那弟子撞得飛了出去。

趙鷹、厲鋒俱皆一驚。「這算哪招啊？」

七殺門人也都大感意外。「這老道練的是什麼功夫？」

廳內的霍鳴玉聽得外面吵雜，快步走出：「在幹什麼呢？」

馬首悄聲道：「昨晚就是她把金六打傻了。」

烏有道長悠悠哉哉的走向霍鳴玉：「妳就是霍連奇的閨女？」

「正是，道長有何見教？」

「快把姜無際交出來，我就不爲難妳。」

霍鳴玉暗忖：「他是爲了姜無際來的？七殺門人刺殺、陷害姜無際，究竟是爲了什麼？」

「妳到底交不交？」烏有道長步步進逼。

厲鋒大喝：「保護大小姐，『三節八要大陣』！」

形意拳講究三節、八要，霍連奇更將這些要訣編練成陣法，作爲面臨大敵時的攻防之用，攻時八路並進，無堅不破；守時嚴絲合縫，連水都潑不進去。

形意門眾弟子訓練有素的集結成陣，擋在霍鳴玉身前。

趙鷹沉聲道：「識相的趕快離去，否則我們決不留情！」

耿天尊心忖：「強龍不壓地頭蛇，老道的骨頭雖硬，總挨不住形意門這許多拳頭。」

烏有道長完全不知好歹，哈哈大笑：「一群不開眼的蠢貨！」將身一趴，四肢伏地，一聲暴吼，身軀陡然脹大了十幾倍，現出本相，竟是個額頭生著兩隻巨大牛角的怪物！

形意門的人與七殺門的人全都嚇呆了。

烏有道長恍如一條蠻牛，撒開四蹄，虎地撞進「三節八要」陣式之中，使得形意門弟子全都化作了紙人兒，滾的滾、飛的飛。

「大家退開！」

霍鳴玉高高躍起，縱身搶上，一拳打在怪物的兩眼之間，「砰」地一聲巨響，只怕連大象的腦袋都打碎了。

那怪物卻只退了兩步，眨眨眼皮，把頭一搖，又衝了過來。

趙鷹、厲鋒趕忙聯手攻上。

形意門的三大高手各展所長，全力施爲，仍完全不是怪物的對手，節節敗退。

趙鷹、厲鋒拚死擋住那怪物：「小師妹，妳快走，我們斷後！」

「要死大家一起死！」霍鳴玉的剛烈不輸睢陽張許。

趙鷹急了，反手一拳打了過去：「妳再不走，我就先打死妳！」

霍鳴玉仍猶豫。

厲鋒叫道：「妳快走！能留下一個是一個，大家都死在這裡有什麼用？」

霍鳴玉想想也對，只得退向後院。

逃亡的起點

姜無際、山膏剛睡醒，就見柴房的門被撞成粉屑。

霍鳴玉駕著一輛馬車衝了進來：「上車！」

山膏笑道：「這惡婆娘又在急什麼？」

姜無際已知大勢不妙，趕忙一把拎起牠，跳上馬車。

沒人知道的陰謀

形意門的弟子全都被牛角撞暈在地，只有趙鷹、厲鋒全身而退。

七殺門眾人仍呆立當場。

烏有道長恢復道士的模樣，走到他們面前：「我這本領，可以拿拳鬥冠軍吧？」

眾人嚇得點頭不迭。「當然可以，當然可以。」

烏有道長環顧滿地形意門的弟子：「可不能讓他們去報官。」

耿天尊大驚：「那，難道要把他們統統都殺了？」

烏有道長笑道：「當然不行，弄出這麼多血案，會壞了我的計畫。」從懷中掏出一包藥丸，遞給馬首等人。「一人嘴裡塞一顆藥丸，這能夠讓他們昏睡七天，到那時我就大功告成了。」

大功告成？什麼大功、怎樣算「成」？

這問題當然沒人敢問。

烏有道長又下令；「你們快分頭去追擊逃走的那三個人，別讓他們走露了風聲。」

陰狠的圈套

霍鳴玉駕著馬車奔馳於城郊，不停嘴的大罵車廂內的姜無際：「都是你！你毀了我們形意門！我眞的很後悔把你帶回去！你根本就是個禍害，到處害人！」

姜無際無奈道：「那妳現在爲什麼還要救我？」

山膏笑說：「因爲她愛你呀。」

霍鳴玉呸道：「我救你是因爲那怪物要找你，我要知道其中的原因。」

「妳說他是個頭上長著牛角的怪物？」

霍鳴玉想起那怪物的模樣，仍不免恐懼：「這世上怎麼……眞的有妖怪？」

姜無際沉吟良久，方才嘆了口氣：「唉，我中了奸人的圈套。毀了形意門的不是我，而是洛陽拳鬥大會！」

霍鳴玉不由一怔。

馬車奔向一片樹林的深處。

莫奈何當線民

雖然接連發生了蕭七、小玲兩件命案，副總捕鄭千鈞仍在羅奎政的命令下，帶著捕快上街抓黃牛。

遠遠就見那小伙子唐丟毛又在沿街大喊：「形意門的掌門人『鐵拳』霍連奇已經回到洛陽來參賽了！」

董霸道：「那傢伙定然是黃牛集團中的一員，先把他抓住再說。」

鄭千鈞搖頭阻止：「他只是跑腿的，抓了也沒用。我們要抓的是幕後大老闆。」

薛超道：「那就跟蹤他？」

鄭千鈞沉吟著說：「我們這群捕快，哪個老百姓不認識？必得找個面生的人去跟蹤。」

董霸一轉頭，正見莫奈何從旁邊走過去。

「那個小道士很喜歡多管閒事，倒可以找他當我們的眼線。」

打從今年二月開始，莫奈何就經常出現在洛陽街頭，跟捕快們都算相熟。

鄭千鈞請他過來，道明原委，莫奈何本就在替「劍王之王」項宗羽滿街打探出林狼的行蹤，所以倒也爽快，一口就答應了。

他收起那兩幅惹眼的招幌，有一搭沒一搭的跟在唐丟毛後面。

將近中午時分，唐丟毛許是肚子餓了，轉入一條小巷，推開一扇木門，進去了。

莫奈何繞到前面一看，紅漆剝落的大門上歪歪斜斜的橫掛一匾，上寫「高昇酒店」。

失意酒店

洛陽的酒樓客棧在這個月裡幾乎家家爆滿，只有這高昇酒店住客寥寥落落，一進門就嗅得著一股腐敗冷清的氣味。

它也曾經有過輝煌的歲月，但後來人謀不臧，不求長進，使得生意江河日下，如今房間裝潢老舊破爛，廚房做出來的菜連老鼠都不愛吃。

縱然如此，這幾天的住客還是有幾個。

愈是落魄失敗的人，愈是不喜歡往人多熱鬧的地方去，愈是喜歡躲在陰暗霉溼的角落裡撫慰自己的傷口。

所以，崆峒派與八卦掌的人馬都住在這裡。

「也許，出林狼也會躲在這裡吧？」

懷著這樣的想法，莫奈何便也住了進來。

走過每踏一步就會發出貓被踩尾一般叫聲的二樓走廊，進入房內，放下背上的葫蘆，拔開塞子，從裡面冒出一股紅煙，凝聚成一個六寸大的小人兒。

「死小莫，你住到這種鬼地方來幹嘛？」小人兒開口便罵。「捕快抓黃牛干你屁事？」

這小人兒其實是個妖怪，由櫻桃變成的妖怪。

當年因爲生長在樹上的位置絕佳，得以盡量吸收日月精華，七千多年下來，一顆小小的櫻桃竟變成了西瓜般大，並且修得了一些成果，可以化爲人形，到處搗蛋做怪。

但她仍嫌不夠，還想多多吸取男子的元陽，以更上一層樓，其中尤以處男的元陽最爲滋補寶貴，一個處男可以比得上一百二十五萬個隨意亂噴亂射的爛貨。

後來她碰到了莫奈何，一眼就看出他是個百分之百的處男，當然想盡辦法去勾引他，然而直到今天還未能得手，她只好死死的跟定他，還要千方百計的保護他不受別的妖怪荼毒、不受別的姑娘誘惑。

但她的道行有限，膽子又小，既怕水、又怕火，又怕寶刀寶劍、和尚道士，有時候反而需要莫奈何來保護她。

一人一妖處在一種極其微妙的狀態之中。

莫奈何道：「我主要是想幫項大哥找出林狼，妳也該幫幫忙吧？」

櫻桃妖伸了個懶腰：「你就是吃定了我喜歡包打聽。好啦，我每個房間去轉一轉。」

六寸大的小人兒當然最適合幹這種事。她先鑽進一樓大廳後面的辦公室，酒店的王掌櫃正在與一群年輕小伙子算帳。

「今天一共賣了多少？」

唐丟毛道：「我賣掉了七張。」

「我六張……我五張……我九張……」

原來這些年輕人多半是酒店的伙計，酒店本業生意不佳，便都兼差賣起了黃牛票。

「黃牛的大本營就在這裡。」櫻桃妖還頗有些商業算計。「但幕後出資的大老闆總不會是這個天天都在賠錢的王掌櫃。」

果不其然，王掌櫃接著便道：「大家再加把勁兒，如果新東家賺足了這一票，就更有財力投資我們的酒店，不出幾個月，我們就能奪回十五年前洛陽第一大酒樓的榮銜！」

居然還有人想投資這間已經破敗不堪的酒店？這個新老闆會是誰呢？

一個小伙計道：「我們最大的對手就是進財大酒樓，得先把他們打垮再說。」

王掌櫃的臉上浮起陰狠的表情：「那個邢進財確實可惡，這幾年我受夠了他的氣，不過沒關係，我已請來了高手，定叫他死無葬身之地！」

櫻桃妖暗笑：「這凡夫俗子眞是個大笨蛋，不曉得邢進財的厲害，他可是天神刑天的子孫，什麼樣的高手才能擊倒他？」

散會後，小伙子們都上了二樓的客房部，因爲住客不多，他們竟得了住房的優惠。

櫻桃妖素有探人隱私的熱情，沒有得到最後的答案必不罷休，更何況，這些小伙子全都二十出頭，他們的元陽，嘻嘻，可滋補的咧！

她已練成三種化身——美豔少女、妖嬈少婦與粗壯大娘。此刻便把身子一搖，變成了一個三十歲左右的少婦，皮膚白雪雪、眼睛水汪汪、嘴唇紅豔豔、臉蛋妖嬌嬌、胸脯鼓蓬蓬、大腿粉嫩嫩，屁股圓翹翹、更有一個窄湫湫的東西作爲最後的必殺宇宙黑洞，端的是女人恨得牙癢癢，男人喜得心癢癢！

多慾櫻桃

櫻桃妖先就找上了唐丟毛，她輕敲房門：「丟毛小哥，有空嗎？」

唐丟毛把門一開，魂兒都飛掉了兩條，涎著臉笑道：「娘子何事？」

櫻桃妖把胸脯挺到他眼下：「你今天弄丟了幾根毛啊？」

「正想狠狠的多丟幾根！」

唐丟毛一伸手就把櫻桃妖拉入房中，緊接著就發出各種聲音，狂濤拍岸、婉轉貓啼，杵臼顛倒、蠻牛噴氣。

隔壁房裡的那些小伙子全都被吸引了過來，把耳朵貼上壁板，聽得涎沫直流。

房門猛地打開，櫻桃妖笑吟吟的探出頭來：「丟毛已經丟得差不多了，誰還想來丟丟看？」

六、七個小伙子全都湧了進去，哪消片刻，統統都被擺平了。

櫻桃妖意猶未盡的出了房，一邊嘀咕：「都是些沒用的貨色，增加不了我三天道行。」

客房部呈「口」字形狀，圍繞著一樓的大廳。黃牛們都住在南側，崆峒派住在東邊，八卦掌門徒住在北邊，莫奈何的房間則在西側。

櫻桃妖偏不往西走，偏要繞到東邊。

崆峒派自從劫殺姜無際大敗虧輸之後，便龜縮在此，不知如何進退，整天困坐愁城。

此時聞得外頭傳來異聲，才剛推門一窺究竟，櫻桃妖就閃了進來：「你們這群棒槌鎮日價混在一起，不覺得很無聊嗎？」

掌門人「暴雷」熊炳輝這些天悶得發慌，怪笑道：「小淫婦兒眞不長眼，居然撩撥到咱們頭上來了，可要讓妳一個月起不得身。」

他說完這句話的一個時辰之後，起不得身的卻是崆峒派所有的人馬。

櫻桃妖呸了一口：「果然是武林高手，只有手還管點用。」

她繼續往北走，又弄癱了八卦掌的門徒，這才沒啥興味的走回西面的住房。對於她來說，這些人加總起來都還不如莫奈何的一根小指頭，可恨這小道士直到現在還不肯就範，讓她流乾了口水。

臨進房前，隔壁有個臉形如狼的瘦小漢子從房內探出頭來。

櫻桃妖朝他拋了幾個媚眼，完全沒得著反應，便即把媚眼換成了白眼：「看你老娘做什？沒空餵你奶吃！」

那漢子但只齜牙一笑，把門關上。不消說，此人就是出林狼了。

捕房發出的通緝圖形雖然畫得不太像，仍讓他出了一身冷汗，心中直犯嘀咕：「那個姜無際怎麼這麼厲害，沒兩天就快要把我的底兒掀開來了。幸好他還沒查出我的身分，只有那幅粗糙的圖像，否則到時候我怎能站上拳鬥大會的擂臺呢？」

出林狼左思右忖，最後還是決定按照原定計畫進行，先把各路高手廢掉再說。在他心目中，形意門已無威脅，所以第一目標就是七殺門的耿天尊。但他白天不敢公然露面，只能躲在這快要發霉的高昇酒店裡等待可以讓他使壞的夜晚來臨。

夜半飛頭

晚飯後，莫奈何把櫻桃妖打探得來的消息報給了副總捕鄭千鈞，捕房忙碌準備，要在半夜展開捕捉黃牛的行動。

莫奈何又轉往進財大酒樓。

大掌櫃邢進財剛用他的金算盤算完了今天的帳，正在跟「劍王之王」項宗羽對飲。

莫奈何一屁股坐下：「又讓邢掌櫃破費了。」

「哪兒的話，招待你們這些老朋友，永遠都不會心痛。」

莫奈何笑道：「心是不會痛，但敲算盤的聲音可不太一樣了。」

邢進財啐道：「就是你這小子話多。」

「我還有很多話呢。」櫻桃妖從葫蘆裡鑽出。「那個什麼出林狼很有可能躲在高昇酒店，就住在我們隔壁。」

項宗羽起身就想走，邢進財一笑攔住：「急什麼？先喝幾杯，等下我跟你一起去，怕他飛上天不成？」

「還有，高昇酒店的王掌櫃怪你搶走了他們的生意，說是已經找了個高手想要幹掉你！」

邢進財哈哈一笑：「就憑他能請出什麼高手？」

正說間，忽覺一陣陰風吹過，房內的燈火劇烈搖晃。

項宗羽哼道：「正主兒來了。」

櫻桃妖一縮肩膀，嚷嚷：「這東西邪門！」

眾人凝坐不動，遊目四顧，等了半天只不見來人的影子。

莫奈何偶一抬首，嚇得連人帶椅子都翻倒了過去。

屋頂上竟飄浮著一顆齜牙咧嘴的人頭！

屍頭蠻

項宗羽心中悚慄，跳起拔劍；櫻桃妖更是雞貓子叫喚，直往葫蘆裡躲。

邢進財冷笑道：「我當是什麼了不起的東西，原來是這種腌臢行貨子！」

抓起隨身的金算盤一抖，三粒算珠直射那飛頭雙目。

那飛頭倒也靈活，滴溜溜的避了開去，邊仍朝著眾人「哧哧」作聲，齜出又黑又黃的牙齒，齒尖還滴淌著黏稠膿液。

莫奈何嚇得爬到桌子底下，嗄聲問著：「這到底是個什麼鬼玩意兒？」

邢進財笑道：「這東西叫作『屍頭蠻』，本是苗疆的一名婦女，眼睛只有眼白沒有瞳孔，晚上睡熟之後，頭就會離體飛出，遇狗吸狗血、遇人吸人血。」

項宗羽縱身躍起，一連幾劍刺向飛頭。那飛頭動作再快，也快不過項宗羽的劍，但它竟似刀槍不入，雖被接連刺中，仍未受傷破損，只是再也無法順暢自如的飛行，被項宗羽的劍擊得跟個彈珠相似，在房間裡彈過來撞過去。

項宗羽笑道：「我若有閒，倒也可以跟它多戲耍一會兒，挺好玩的。」

邢進財續道：「這也可算是降頭術的一種，起初練習時，頭顱會拖著自己的腸胃，一起飛出去……」

莫奈何想起一顆頭拖著自己哩哩啦啦的腸胃跑來跑去，不覺噁心得要命。

「這時頭顱因爲拖著腸胃而行，其飛行高度不會超過十尺，所以很容易被樹枝、草叢、衣架等物勾絆住，那就慘啦！等到練成之後，就可以擺脫那些零零落落的胃腸，飛頭變得輕巧俐落，不易被發現，但每隔七七四十九天，必須吸食孕婦腹中的胎兒。萬一頭顱未能在天亮之前返回軀體，或把她的身體移到別處，讓飛頭回來時找不著，那她就完了，連人帶頭化成一灘血水，永不超生！」

飛頭被項宗羽刺了幾十劍，也知大勢不妙，轉啊轉的，想要脫離戰場。

邢進財已觀察了好久，喝道：「它的罩門就在斷頸之處！」

起手就是五粒算珠射向飛頭下方。

那飛頭驚叫一聲，愈發奮力衝撞，居然把屋頂撞出了個大洞，遁入夜空之中。

「它一定是想飛回高昇酒店。」項宗羽冷笑。「那可正是我要去的地方。」

史上最亂的大混戰

高昇酒店今夜的狀況複雜得像個萬花筒。

首先是「威震八荒」孟騰浪在「紅橋街」夜市的「冒江南」吃了一堆海鮮配上三大甕女兒紅，聽得隔座酒客說起八卦掌的門徒都住在高昇，便乘著酒興前來找補上次沒打完的架。

他一走入高昇大廳就拉直嗓門大吼：「冤有頭債有主，你們八卦掌若想報仇就趁早，老爺我就在這裡等著你們！」

二樓北側立起一陣騷動，八卦掌的弟子個個不忿、人人爭先，但他們下午剛被櫻桃妖淘空了身子，都有些頭重腳輕，竟至於在搶出房門時跌成一團。

他們還沒下樓，形意門的大師兄趙鷹先自喘吁吁的從酒店大門外奔了進來：「孟大叔，救命！」

原來他從早上就被七殺門追殺不休，想報案，可連官府都進不去，剛才遠遠看見孟騰浪進了高昇，便趕來求援。

孟騰浪驚問：「你怎麼啦？」

趙鷹切齒道：「七殺門不知從哪裡找來了個怪物，把形意門毀了，還要追殺我。」

話沒說完，十三太保中的司馬三、西門四、畢十與獨孤十二就衝了進來。

「可惡！」孟騰浪上一屆最後輸給了耿天尊，一直耿耿於懷，把七殺門當成今生首要之敵，現在正可謂是仇人見面分外眼紅，大步上前，鐵拳連發，打得司馬三等人莫名其妙。

「這傢伙難不成是個瘋子？」

十三太保都是些粗野漢子，既然有人不管三七二十一，他們也就不分青紅皂白，要打便打唄，誰怕誰來著？

這一輪快拳硬拚，打得大廳內的桌椅擺飾全都化爲齎粉。

八卦掌的門徒這時才跌跌撞撞的跑下樓梯，看見孟騰浪被四個高手圍攻，心下暗喜，想乘隙撿個便宜。

不料司馬三等人誤以爲他們是孟騰浪與趙鷹的幫手，極有默契的互打唿哨，分出了西門四與畢十去攻打八卦掌門徒。

西門四邊自忖道：「八極門與八卦掌竟連成了一氣與我們做對，非要讓他們知道七殺門的厲害不可！」抖擻起精神狂攻猛擊。

這一陣打，更是驚天動地，把大廳的門窗都打爛了。

高昇的王掌櫃慌忙奔出：「各位好漢，要打，請到外頭去。」

哪知裡頭的人還沒請出去，外頭的人又湧了進來，這回是鄭千鈞率領的二十多名捕快。

「大家聽著，捕房來此辦案，識相的快快束手就擒！」

刹那間，二樓的南側與東側又連起兩陣騷動。

南邊以唐丟毛爲首的黃牛集團驚慌亂竄；東邊的崆峒派門人則以爲是姜無際想算前日的舊帳，帶著捕快前來圍勦。

掌門人「暴雷」熊炳輝發抖道：「怎麼打得過他？快逃吧！」

崆峒派的人馬便與黃牛們混作了一處，一大團人球從樓梯上滾下來。

眾捕快只當他們全都是黃牛，抖動鐵鍊就往他們的脖子上套。

「暴雷」熊炳輝左拳突出，打得董霸滿天星斗，右拳橫擊，搗得薛超牙崩鼻塌，其他的捕快也被崆峒派弟子打得七葷八素。

鄭千鈞納悶：「這群黃牛的武功爲何如此之高？」

司馬三眼見局面愈來愈混亂，分不出誰是敵、誰是友，便即厲聲喝道：「我們七殺門只想跟形意門的趙鷹算帳，不相干的就別淌這渾水！」

他不說這話還好，此話一出，又驚動了住在二樓西側的出林狼。他正想今夜前往紫雲觀對七殺門下手，可喜他們自己送上了門，當然不會放過這機會，緩步走下樓梯。還要再添亂

酒店外的情形也熱鬧得很，項宗羽、邢進財追逐著屍頭蠻，來到大門外，見那飛頭慌不擇路的直往裡飛。

項宗羽笑道：「這種鬼東西不知如何欺敵，居然就跟奶娃娃一樣的跑回老家啦。」

邢進財冷哼：「這下子，那王掌櫃想賴也賴不掉。」

莫奈何的腳程比他倆慢得多，跑得氣喘如牛，落在後面幾十丈遠，卻被一個人給盯上了。

你道是誰？就是新仇舊恨集於一身、又奉了俞啖至之命要生擒莫奈何的浣熊妖「芝麻李」。

他眼見機不可失，三步併兩步的追過來。

幾個人前前後後的衝進早已一片混亂的高昇大廳。

芝麻李最後一個奔入，恰正碰到剛剛走下樓梯的出林狼。

興許狗就是愛咬狗、惡人就是看不順眼惡人，出林狼迎面遇見芝麻李，當下直覺他就是七殺門的人，便故意一個踉蹌，將身一低，用肩膀去撞芝麻李右手手肘內側的「曲池穴」。

哪知妖怪根本沒有穴道，這一點竟點了個空。

芝麻李笑道：「你想點我的穴？可讓你失望了。」

出林狼怎麼想也想不通，爲什麼世上竟然有人會沒有穴道？

七殺門的西門四等人聽得這話，轉眼過來一看，立發一聲喊：「他就是圖形上的那個人！」

都放掉了眼前的對手，朝出林狼撲了過來。

然而一股強猛的罡風搶在他們前面，捲向出林狼。

是項宗羽出手了！

他雖以劍法名震天下，但拳術造詣也已登峰造極，拳風如劍，拳勁如雷，不消幾拳就壓得出林狼喘不過氣。

司馬三等人見這情況心中不爽。「我們已經擺明了要找這傢伙，他搶在前頭做什？」

西門四開口便罵：「你滾遠點！」

項宗羽沉聲道：「我跟此人有很深的怨仇，請各位不要插手！」手下繼續施壓，把出林狼逼入角落。

西門四愈發強橫：「我管你什麼怨仇，給我退開！」

一拳搗向項宗羽，畢十也從側面攻上，使得項宗羽不得不轉而應付他倆。

司馬三與獨孤十二則掄拳砸向出林狼。

打橫裡突地衝來一個老頭兒，腳步踉蹌，一邊抱著頭大叫：「別打我！別打我！」身子往前一倒，右肩撞在司馬三的背脊上；倒地之前又順手抓了獨孤十二的右腳一下。

司馬三頓覺喉頭燥熱，說不出的難受；獨孤十二則是膀胱一陣痠麻，止禁不住的尿流滿地。

出林狼定睛看時，才發現這老頭兒竟是他父親──「洛陽第一名醫」嚴洛王。

「還不快走？」嚴洛王低聲怒叱。

出林狼心知自己的行跡已然敗露，若繼續留在洛陽，必定難逃殺身之禍，便即一溜煙的跑了。

那邊廂，西門四與畢十合攻項宗羽，一點便宜都占不到，反被項宗羽打得東歪西倒。

西門四一眼瞥著司馬三直挖喉嚨、獨孤十二摀著小鳥亂跳的模樣，都像中了邪似的，心下驚忖：「莫非他們被點了穴道？」

他這一猜倒沒猜錯。

嚴洛王用肩膀撞上司馬三背後「督脈」的「神道穴」，令他變成了啞巴；又點了獨孤十二右腳上「太陽膀胱經」的「委陽穴」，使得他這輩子每天都要撒尿三十次以上。

西門四眼見情勢不妙，喝道：「退！」當先逃出酒店大廳。

畢十也想走，被項宗羽一腳踢在屁股上，毬兒般的滾到孟騰浪身邊。

「這種貨色，也好出來丟人現眼？」孟騰浪起手一拳，把他打成了白癡。

至於那心懷鬼胎的芝麻李，被出林狼戳了一指之後，就一直躡足跟在莫奈何身後，想要找個適當的時機進行突襲。

驀見一縷紅煙從莫奈何背後的葫蘆裡冒出，轉瞬變爲一個粗壯大娘，頭如鍋、腰如桶、屁股如水缸，冷笑著說：「芝麻李，還怕我嗅不出你的味道嗎？」

芝麻李一見櫻桃妖，更是火上加油：「妳這小妖怪，盡幫著人類欺負我們，今天非宰了妳不可！」

芝麻李雖只剩下右臂，右腿也不靈便，但他具有萬年以上的道行，比櫻桃妖的七千多年高出許多，舞起浣熊的爪子依舊威力蓋世，抓得櫻桃妖呱呱叫。

眾英雄於崑崙山除妖、在高麗國射下九顆妖陽的戰役中，櫻桃妖都出了不少力，所以她雖然也是個妖怪，卻早被項宗羽等人當作親密戰友，既見她遇險，豈會坐視不管。

邢進財喝道：「你這殘妖，還不想去超生嗎？」抖手就是五粒算盤珠子，宛似寒梅綻放。

芝麻李的動作已不如往昔敏捷，躲得過四顆，躲不了第五顆，被那珠子打在他右手腕上，頓即骨碎筋斷，算是廢了，只得一拐一跛的逃之夭夭。

那屍頭蠻飛入大廳後，便躲在天窗的窗櫺上，僞裝成櫺上的浮雕，此時眼見櫻桃妖化成的大娘肥肉團團，一副很好吃的樣子，便即撲將下來，一口咬住櫻桃妖的脖子，就想吸血。

它哪知妖怪是沒有血的，吸了半天只吸進了一團膿液，嗆得它沒有瞳孔的眼珠子都突了出來。

項宗羽趕過來，一劍從它的斷頸處戳入，恰似竹籤串香腸，把它牢牢的固定在劍尖上，再也脫離不開。

邢進財抓住正想開溜的王掌櫃：「你我有幾多冤仇？你竟用這種東西來對付我？」

王掌櫃拚命磕頭求饒，並把眾人帶到屍頭蠻身軀的藏匿之處，一具無頭婦人的身體躺在床上。

掛在項宗羽劍上的頭顱見到了自己的身子，就想往頸子的斷裂處去黏合，但怎麼也離不開劍尖。

莫奈何拔出隨身的「大夏龍雀」寶刀，將那身軀砍得稀巴爛。

屍頭蠻發出一聲慘叫，連頭帶身體轉瞬間滅成兩灘血水。

人間無法受理的案件

大廳內終於平靜下來，只剩崆峒、八卦的門徒躺了一地，捕快們順勢將他們統統銬住，卻不知眞正的黃牛都溜光了。

沒引起任何人注意的嚴洛王既已救下了兒子，當然早已不見蹤影。

趙鷹上前拉住鄭千鈞：「副總捕，我們形意門被一個怪物毀了！」

鄭千鈞可從來沒受理過這種古怪案件，搔了搔頭道：「你且慢慢道來。」

趙鷹便把今天早上七殺門帶著烏有道長前來踢館的事情備細說了一遍。

鄭千鈞剛才雖然親眼看見屍頭蠻肆虐，但此乃他所素知的苗疆降頭術的一種，並不爲怪；而趙鷹口中的牛頭怪物實在匪夷所思，況且當事者還是紫雲觀的烏有道長。

「我見過那雜毛老道幾次。」鄭千鈞心忖。「並沒有半點怪物的跡象。」嘴上問說：「那怪物可有傷人？」

「滿門弟子都被他打倒，我不敵而逃，不知師弟們有沒有死傷。」

「那你為何現在才報案？」

「我當時就想前往衙門，但七殺門徒一直追殺不放。」

「威震八荒」孟騰浪不耐道：「你這草包捕頭，問這麼多幹嘛？快帶人去把那老道抓了，一問便知！」

鄭千鈞曉得這個粗老頭兒難搞，陪笑道：「沒有傷者與死者家屬提告，怎可隨便抓人？」

「說得也是。」孟騰浪總算還明白這點道理，便催促趙鷹：「快去把死的、傷的都叫來提告！」

趙鷹瞠目未已，鄭千鈞乾咳兩聲道：「我們不如前去形意門總部看看傷亡情形如何，再做打算。」

「也好。」

眾人來到形意門，門裡門外一片平靜。入內一看，弟子們一字排開的睡在客房的通鋪上，叫也叫不醒。

「他們是怎麼了？」趙鷹惶急。「這還是太不尋常！」

鄭千鈞逐一探查過他們的呼吸、心脈之後，做出判斷：「他們雖然都有明顯的外傷，可都活得好好的，大約是日間太過勞累。且讓他們休息一夜，明日若要提告，再到衙門來吧。至於趙兄所說的牛頭怪物，咳咳，本衙門乃人世間的司法單位，恕不受理這種案件。」
鄭千鈞離去後，孟騰浪皺眉道：「門徒全都在這兒嗎？」
趙鷹道：「除了張小衰，早上集合時就沒來，其他的一個不少。」
「不對啊，厲鋒呢？」
「他沒被怪物打倒，跑了，現在不知在哪裡？」
「還有賢姪女呢？」
「她也逃走了。」趙鷹憂心忡忡。「但願小師妹安然無恙。」

神話與鬼話

卻說霍鳴玉駕著馬車漫無目的的在洛陽郊外轉了一大圈，深夜時分來到一座偌大的莊園前，門上一塊匾額，寫著「雙賢莊」三個大字。
小紅豬山膏已快餓瘋了，嚷嚷：「這裡像是個好人家，快進去找點吃的。」
雙賢莊有兩位莊主，一個姓孫，一個姓魏，看來都是憨厚的老實人，不像詩書傳家之輩，而是白手起家之徒。
他倆並不好客，只是不知如何拒絕登門求宿者的要求，木訥的招待姜無際、霍鳴玉，僕人端上來的飯菜都是些大魚大肉，好不膩人。

飯後進入客房，霍鳴玉兇巴巴的質問姜無際：「你說你中了奸人的圈套，又說毀了形意門的是洛陽拳鬥大會，到底是什麼意思？」

姜無際一整天都在埋頭苦思，此時仍不願說話。

霍鳴玉擰著他耳朵逼問：「你到底要不要把這整件事情說清楚？」

姜無際嘆道：「這要從何說起？那個雜毛老道其實是『蚩尤』的化身！」

霍鳴玉大驚：「蚩尤？你別信口亂扯些鬼話！」

姜無際正色道：「這不是鬼話，是神話。」

「所謂神話就是胡說八道！」

「妳太褻瀆神明了。」姜無際苦笑。「妳可是親眼看見他頭生牛角的本相，還不相信我嗎？」

霍鳴玉想了想，不得不露出信服的神情。

姜無際續道：「蚩尤有八十一個兄弟，原本是神農氏『炎帝』手下的大將，後來在『榆罔』登基爲帝的時代，與黃帝集團展開了『阪泉之戰』，蚩尤身先士卒，勇猛異常，但帝榆罔是個軟耳根的領導者，他聽信讒言，疑忌蚩尤，弄得蚩尤很不爽，後來就倒戈相向，使得炎帝集團大敗虧輸。」

山膏笑道：「一定是因爲炎帝手下沒有美女的緣故。」

姜無際敲了敲牠的頭，繼續說著：「蚩尤歸順黃帝之後，頗受重用，爲六相之首，被大家視爲戰神。然而他本性桀驁不馴，上朝拜見黃帝之時，頗爲囂張，使得群臣側目，與文武百官多起衝突，所以後來又造反了。」

霍鳴玉聽得有些不耐：「你的話扯太遠了吧？」

「重點就要來了。」姜蕪際涎笑的望著她。「妳要不要先脫一件衣服？」

氣得霍鳴玉舉拳想打。

姜無際忙道：「好好好，我說我說，再來就要說到夸父了。」

霍鳴玉怪問：「又干夸父什麼事？」

「夸父是炎帝的後代、榆罔的姪兒，但他跟蚩尤是好哥兒們，所以也跟著蚩尤歸順黃帝。當蚩尤造反的時候，夸父也義無反顧的跟他併肩作戰。夸父乃是史上第一巨人，他衝鋒殺敵，勇冠三軍。終於，蚩尤的大軍在涿鹿與黃帝展開決戰，蚩尤九戰九勝……」

霍鳴玉不耐道：「你是在給我上歷史課嗎？這可是我最拿手的科目。」

姜無際笑道：「後代之人只知蚩尤很會打仗，卻不知他爲什麼能夠戰無不勝、攻無不克？」

霍鳴玉一臉譏諷之色：「莫非你通曉其中的原因？」

「我當然知道，蚩尤靠的就是夸父的神通！」姜無際傲然一挺胸膛。「炎帝姓姜，夸父當然也姓姜，我就是夸父的後代！」

山膏嚷嚷：「聽到沒有？他的祖先就是那個追太陽的大笨蛋！」

霍鳴玉眉頭緊蹙，半信半疑。

姜無際笑道：「霍姑娘，妳說妳精通歷史，妳可知道夸父為何要追日？」

這問題，霍鳴玉可答不出來。

「妳想想看，如果他跑得比太陽快，會發生什麼情形？」

霍鳴玉仍答不出來。

「夸父順日而逐，追過太陽之後，就能前進到未來；逆日而跑，就能回到過去！」

霍鳴玉聽得呆住了：「前進未來？回到過去？」

姜無際道：「每當蚩尤、黃帝兩軍即將對陣的時候，夸父就跑回前一天，探知黃帝大軍的部署與動向，再跑回來告訴蚩尤。如此一來，蚩尤當然百戰百勝！」

霍鳴玉腦中閃過一道電光，那日姜無際前來偵辦三姨太命案的情景，瞬即歷歷重現眼前——

姜無際色迷迷的緊盯住她，可惡的笑著說：「既然美女有所請求，那我就獻醜啦。」

當時她心裡就想：「捕快辦案又不是雜耍團表演，獻什麼醜？」

緊接著，她就覺得廣場上似有一陣怪風吹過，使得她四面張望了一眼，但並沒看見任何異狀。

再接下來就看見姜無際一屁股坐倒在捕快們早已移放在他身後的肩輿上，一臉灰敗之色，渾身是汗，非常疲倦。

她與趙鷹都急聲問道：「姜捕頭，你怎麼了？」

副捕頭鄭千鈞與捕快們都一臉輕鬆：「沒事沒事，他一向如此，沒事。」

又見姜無際喘息了好一陣子才回過神，但仍很虛弱：「把廚師老康帶過來。」

就這樣的破了案！

霍鳴玉恍然：「原來，就只那麼一個瞬間，你已經在時間之流中來回走了一轉？你屢破大案，就是因爲能夠回到過去？」

「沒錯。」

「人家根本打不著你，就是因爲你的動作快得讓他們的肉眼看不見？」

「沒錯。」

山膏找補著：「他一秒鐘能繞地球一圈半，當然沒人能看清他的動作。」

那時的人類還沒有地球是圓的概念，霍鳴玉聽不懂，也沒興趣，只想追問那夜的情況：「你眞的親眼看見假扮老康的人殺死了三姨太？」

「我穿過時間之流，來到前一天晚上，正好見到老康往三姨太的房內噴迷魂香。」

「等等，你爲何不阻止他？難道你無法改變既成的事實？」

姜無際苦笑道：「我可以改變已成過往的事實，但這違反了自然定律，就算最細微的改變，也有可能巨大的改變了未來，導致一場災難；再者，我若出手相助某人，耗損自己的功力甚鉅，可能連命都沒了！」

神技的缺點

姜無際又道：「而且這追日神技有一個嚴重的弱點——每來回追日一次，就需要休息七天。」

山膏笑道：「但無傷於在床上亂攪。」

「這就是你所謂的休眠期？」霍鳴玉想了想。「也是，轉瞬之間要來回追日兩趟，當然很累。但我還是不懂，你說這是奸人設下的圈套，到底是個什麼樣的圈套？」

「四年前我還沒來洛陽。」姜無際正容道。「我問妳，拳鬥大會的冠軍是不是要上臺領獎？」

「當然。」

「上一屆負責頒獎的是誰？」

「是洛陽知府羅奎政。」

「這一屆，皇上要親臨觀戰，所以頒獎人恐怕就是皇上了。」

霍鳴玉這一驚非同小可：「你是說，蚩尤的目標是皇上？」

「沒錯。皇上親臨觀戰，周圍當然有重重禁軍護衛，蚩尤的牛角再厲害，大概也衝不破重圍。但如果他能夠得到拳鬥大會冠軍，走上頒獎臺，跟皇上面對面，那可就……」

山膏唉道：「皇上就要變成黃豆泥了。」

霍鳴玉急得跌足：「這可糟了！」

姜無際道：「蚩尤心知唯一能夠阻止他的人只有我，所以先製造出那件命案，騙我辦案之後就要進入七天休眠期，就沒辦法阻止他了。」

霍鳴玉仍然不解：「既然如此，他可以隨便製造一件命案來絆住你，爲什麼一定要挑上我們呢？」

姜無際搔了搔頭皮：「這倒不是因爲七殺門跟你們形意門是死對頭，而是因爲形意門有妳這個大美女。」

「怎麼說？」

「只要是命案，我當然會加緊偵辦，但破案有很多種方法，不一定要用上『追日神技』；然而蚩尤知道我好色如命，一見到美女就無法抗拒，會忍不住立刻就露一手炫耀。」

山膏笑道：「說不定就可以把美女騙上床！」

姜無際又敲了牠一下。

山膏抗議：「這不正是你心裡想的嗎？」

「我是這麼想沒錯，但用不著你說出來嘛。」

霍鳴玉又想發火。

姜無際忙道：「好了好了，現在得趕快想個辦法，叫皇上別當頒獎人。」

雙賢莊的水火大賢人

正當他們在客房中傷透腦筋的時候，雙賢莊的大門外又來了一個要求投宿的客人。

孫、魏二莊主心中嘀咕：「我們又不是開旅店的，今晚怎麼這麼多人跑來借住？」吩咐僕人道：「就說我們已經睡了，把他回絕了吧。」

但是已經來不及了，一陣陰森冷冽又帶著點尖銳笑聲的話語傳了進來：「二位莊主既稱雙賢，恁地小氣，讓我睡一晚也不行？」

人隨聲入，是一個長得像頭狼的漢子。

孫、魏二莊主乾笑道：「貴客莫怪，實在是天色已經太晚，我們準備要去睡了。」

那漢子笑道：「還是跟你們當初趕車的時候一樣，以天色來決定行止？」

孫、魏二莊主霍然變色：「咳咳，貴客說笑了。」

那漢子道：「咱們打開天窗說亮話，我叫出林狼，手下有一群小兄弟正躲在『邙山』山區挨餓。我呢，現在正要去找他們，總不能空著一雙手去吧？」

孫、魏二莊主心知遇上了強盜，欲哭無淚：「好漢，我們實在沒有什麼錢。」

「沒錢？」出林狼露出一嘴森森利齒。「孫阿水、魏阿火，你們兩個的底細，我早就摸得一清二楚，你倆本來是在馬行街『隆盛車馬行』裡幹活的車伕，今年四月間，你們載著一個姓文的相公出門遠遊，乘機侵吞了他所有的財產，有沒有這回事？」

孫阿水、魏阿火認罪似的低頭沉默不語。

原來有個名叫文載道的公子因為少年時摔壞了腦袋，前來洛陽求醫未果，只得繼續遍行天下、尋覓良醫，他僱了兩輛太平車，踏上旅途。

文家在江南是望族，頗有資財，文載道出門求醫，自然攜帶了大量財物，大箱小箱的堆滿了後車，自己則帶著幾篋書籍坐在前車。

前車的車伕就是孫阿水，後車的車伕就是魏阿火。

第一夜投宿旅店，當然得把財物收入房間。孫阿水、魏阿火把後車上頭的箱籠全都搬了下來。

「一共十八箱，請公子清點一下。」

「十八箱？這麼多啊？我還以為只有十五箱呢。」喪失了短期記憶的文載道傻笑。

第二夜，魏阿火忘了一箱在車上。

「怎麼只有十七箱？」孫阿水皺眉。

「我再去搬。」魏阿火敲自己的腦袋。

「昨天不是只有十四箱？」文載道傻笑。

第三夜，孫阿水、魏阿火只搬了十三箱就餓了，吃完飯後才去向文載道報到。「十三箱統統都搬進來啦。」

「多謝你們啊。」文載道傻笑。

第四夜，孫阿水、魏阿火整晚不見人影，也沒搬一個箱子進房，那文載道毫不在意，直至翌日清早起床，走出旅店大門，才發現連馬車都不見了。

究其實，孫阿水、魏阿火本都是這行業裡出了名的老實人，但是碰到了文載道這樣的傻瓜，想要繼續老實下去，還眞有點困難。

水、火兩人一夜暴富，便在洛陽城郊買下一座大宅院，掛上「雙賢莊」的匾額，以慰良心、以贖前愆。

出林狼吃癟

現在，出林狼緊盯著水、火兩人，怪笑道：「聽說那文載道如今已得了后羿神弓、成了『夏國』的駙馬爺，他若前來跟你們算舊帳，你們可是吃不完兜著走！」

水、火倆更嚇得尿道發痠、肛門放大。

「怎麼樣，還不先孝敬老爺我，堵住老爺我的嘴？」

事已至此，水、火倆無計可施，只好吩咐僕人把廂房裡的大箱小櫃全都搬出來，並準備好一輛馬車給出林狼使用。

霍鳴玉、姜無際的討論還沒有結果，聽得外頭各種響動，不禁好奇。「這麼晚了，兩位莊主還想搬家？」

兩人帶著山膏來到大廳，水、火兩人正哭喪著臉，愛撫孩兒似的撫摸著箱籠中的金銀財寶。

霍鳴玉怪問：「兩位莊主奮夜清點財物，莫非有何緊急之事？」

水、火兩人瞟了站在旁邊的出林狼一眼，不敢言語。

姜無際瞧覷此人一臉狼模狼樣，心中生疑，暗忖：「莫非他就是殺死八卦掌陸曉風的兇手？」

他還未開口試探，霍鳴玉已從水、火兩人的神情中，看出了許多關節，緊盯著出林狼道：「閣下是來討債，還是來搶劫的？」

出林狼不知霍、姜二人的來歷，根本沒把他倆放在心上，不耐道：「不干你們的事，滾遠點！」

霍鳴玉因兩位莊主有收留之恩，自然不會袖手旁觀：「他們二位的事就是我的事，你不妨衝著我來。」

出林狼哈哈大笑：「妳這娘兒們，好大的口氣，妳有什麼本領替他倆強出頭？」

霍鳴玉把拳頭一伸：「就憑這個！」

出林狼可從未見過如此強橫的女子，一呆之後，獰笑道：「讓我猜上一猜，妳可是形意門霍連奇的閨女？」

「知道就好，別在這兒自討沒趣。」

「可我正想領教形意拳的厲害。」

出林狼的狼爪一伸，就抓向霍鳴玉胸脯。他可不是意存輕薄，而是因爲女子若遭襲胸，第一反應就是抓住對方的手，他就可乘此機會偷點對方的穴道。

姜無際早已窺破他心意，喝道：「此人乃是點穴高手，切莫貼身近戰，勿施擒拿，快拳狠打方爲上策！」

出林狼又是一楞：「這傢伙怎知我的底細？」

念頭方動，霍鳴玉的拳頭已狂風驟雨擊打而來。

形意拳剛烈無匹，拳風飆處，割人臉面，對手休想近身；出林狼的點穴手法屬於陰柔一路，只能趁人不備時尋縫覓隙，暗下毒手。霍鳴玉既經提醒，不可能再讓他有這種機會，一拳緊接著一拳，打得他腦袋裡糊滿了豬油，全矇了，只得著地滾出大廳，逃之夭夭。

姜無際因爲還處於休眠期裡，雙腿無力，無法追趕，又不好支使霍鳴玉去追，只得高聲喝道：「我便是洛陽總捕姜無際，今日且放你一馬，以後別再讓我碰見。」

如何上達天聽？

不提水、火二莊主千恩萬謝，姜無際與霍鳴玉又陷入苦思當中。

皇帝鑾駕出巡，上萬禁軍守護左右，尋常人等如何能夠接近？就算有幸得以覲見，皇上又怎會相信怪物蚩尤這等荒誕無稽的故事？

此時曙光已現，雖然沒下什麼雨，地面仍溼答答的，沉沉的天空就像壓在頭頂上。

霍鳴玉在庭院中踱步沉吟。

姜無際與山膏坐在一旁，巴巴的看著她，都流著口水。

山膏悄聲道：「眞美！身材眞棒！」

姜無際疊聲回應：「是啊……是啊……迷死人了……」

霍鳴玉踅了過來，兩人趕忙閉嘴。

「如今之計，只有先上告官府，看情況如何，再做計較。」

姜無際唉道：「我現在已經被全洛陽的捕快通緝，只要一露面就會被抓走……」

「所以只好由我去了。」

未來媳婦的基因

霍鳴玉跟隨著羅府長隨穿過洛陽府衙後面的庭院。

羅奎政還在爲黃牛票的事情煩心，聽說未來的兒媳前來求見，不敢怠慢，趕到花廳中招待。

「賢姪女有何要事？」

霍鳴玉連珠炮似的把整件事情說了一遍。

羅奎政張口結舌，半晌說不出話，只能發出「咳咳，哼，嗯」的聲音。

其實羅家鬧過妖怪，羅奎政還曾親眼見過妖怪，但他心裡一直不願意相信，只想把那段遭遇徹底忘掉，讓自己的心身回復到正常狀態。

現在霍鳴玉又跑來說起什麼妖怪，使得他整個人開始神經質的躁動不休。

霍鳴玉以爲他不相信，急道：「世伯，我說的都是眞的。事態緊急，只剩四天了！」

羅奎政又「哼嗨」了好一會兒，好不容易把自己重新組合成一個正常人，笑道：「先別提這些。外間傳聞妳爹已經回來了，要參加拳鬥大會？都是因爲這消息，使得外頭的黃牛票賣得火熱極了，今天一早已漲到了一張票五十兩白銀！可恨府衙已經把票都賣光了，竟發不了這筆橫財。」

霍鳴玉不料他還有閒情顧及這些無關緊要之事，忍著氣道：「世伯，現在最主要的問題是頒獎典禮。」

「對了對了，頒獎典禮！」羅奎政自我陶醉的笑了笑。「四年前我當頒獎人，頒獎典禮進行得挺熱鬧、挺好的，我到現在都還記得百姓們的歡呼喝彩，都在讚揚我的功績，嘿嘿嘿！」

霍鳴玉忙截下話頭：「這一屆可不一樣了，有怪物想乘機造反作亂，皇上如果上了臺，可就危險了。」

「是是是，我說賢姪女啊，」羅奎政以研究稀奇生物的眼光盯著她，擺出語重心長的模樣。「妳爹跟我是老兄弟，我們幾個老兄弟啊，有經商的，有當官的，還有一個一直沒考上進士，直到現在都還在寒窗苦讀，當然還有妳爹這種獨霸武林的拳鬥高手……」

霍鳴玉又搶道：「世伯，我知道您想說什麼，但是這世界並不如你們想像中的那樣普通平常，偶爾還是會發生一些玄奇怪誕，甚至恐怖可怕的事情。」

羅奎政笑道：「也是，也是。聽說妳爹三年多前出外雲遊，想找一把什麼……什麼后羿神弓是吧？哈哈哈！」

霍鳴玉氣道：「您是不是想說，我爹是個神經病？」
羅奎政假裝咳嗽：「咳咳咳，怎麼會呢？還不至於，不至於。」
廳後傳來羅夫人的聲音：「老不死的，來一下。」
羅奎政朝霍鳴玉乾笑了幾下，退到廳後。
霍鳴玉耳聰目明，羅夫人的話聲雖小，仍被她聽得一清二楚：「我們家的達禮可不能娶這個瘋婆子，羅家的孫兒當然要挑選最好的遺傳基因。」
又聽羅奎政細語道：「小聲點。萬一她發作起來，我們可當不住她一拳頭。」
霍鳴玉氣了個頭昏，大步走了出去。

小豬的搏擊技巧

大街上隨處可見各路高手鬥毆不休。
唐丟毛仍在沿街散布霍連奇已經回來了的消息，可霍鳴玉此時已無心情跟他理論，滿心煩悶的信步亂走。
七殺門昨夜雖鬧了個灰頭土臉，今天仍被烏有道長派出來搜尋形意門人的下落。
大弟子馬首與西門四一組，正在一個小攤子上吃西川乳糖，恰好見到霍鳴玉經過。
「道長料事如神，她果然出現了。」

兩人立馬追了過來。

霍鳴玉眼尖，身子一旋，指著他們大叫：「他們都是形意門的，這回要上臺衛冕。」

「好哇！先領教一下形意門的高招！」

各路高手不分高矮黑白，從四面湧上，把馬首、西門四圍在中間，展開一陣混戰。

霍鳴玉快步走離，又被三人擋下。

是鄧五、歐陽八與游十三。

「好狡猾的娘兒們，看妳往哪兒逃？」

已被緊急事態逼入絕境的霍鳴玉，此時決不心慈手軟，以迅雷不及掩耳的速度，只一拳就把歐陽八打趴在地。

游十三、鄧五怒極，聯手攻上。

霍鳴玉以一敵二，她拳勢雖然精猛，反應也極爲敏捷，但終究是個女子，氣力不佳，幾十個照面過後，漸漸落居下風，只得轉身逃入小巷。

鄧五、游十三奮力追趕。

七殺門的十三太保中以游十三的輕功最佳，他幾個箭步縱竄上前，一記飛腿踢在體力已然不支的霍鳴玉背上，將她踢倒在地。

「看妳橫行到幾時？」

兩人正想上前做進一步的壓制，忽聽一個聲音罵道：「你們這兩個混帳王八蛋，打女人，要不要臉？」

兩人回頭一望，卻沒看見什麼人。

鄧五抱了個四方拳，高聲道：「何方高手，請現身一見。」

那聲音又罵道：「我高你娘咧！」

兩人低頭一看，發話者原來是一頭紅色的小豬。

游十三驚道：「牠就是大師兄說的死小豬……」

話沒說完，山膏已狠狠一口咬住他的小腿，痛得他亂跳；霍鳴玉乘機起身，一拳把游十三打傻了。

山膏還想去啃鄧五的腳，嚇得他趕忙逃命。

霍鳴玉拍了拍山膏的頭：「好小豬，算我欠你一個人情。」

「妳想欠，就算欠我老大的吧。」山膏笑道。「我老大很關心妳，叫我一直跟在妳後面，妳可要找機會還他的人情。」

「我還他個大頭鬼！」霍鳴玉冷哼。「他那才不是關心呢。」

山膏笑道：「他是想『那個』沒錯，但還是關心嘛。」

霍鳴玉板臉道：「小孩子不要裝懂。」

山膏抗議：「我不小啦，我已經交配過了。」

霍鳴玉掩耳不迭：「我不要聽！」

陰陽雙修

霍鳴玉和山膏出到城外，姜無際駕著馬車前來接應：「妳找羅知府上告得怎麼樣？」

霍鳴玉頹然搖頭：「他根本不相信我的話。」

「唉，諒必如此。」

「現在怎麼辦？」

姜無際想了想：「如今唯一的辦法就是在拳鬥大會上打敗蚩尤，叫他得不了冠軍、上不了頒獎臺。」

霍鳴玉禁不住打了個哆嗦：「打敗那怪物？談何容易？」

姜無際盯著她道：「妳的師兄弟都已經沒了，現在只能靠妳了。」

霍鳴玉嘆道：「我的形意拳雖然已盡得眞傳，但我畢竟是女子，氣力不如人。」

「這嘛，我也許有個辦法。」

「你快說！」

「有個陰陽雙修之法。」

「什麼叫陰陽雙修？」

「就是我把衣服都脫光，然後妳也把衣服都脫光……」

氣得霍鳴玉又刷了他老大一巴掌：「都什麼節骨眼了，還在想這些？」

正亂哩，忽一人由後跑來：「鳴玉！鳴玉！」

卻是霍鳴玉未來的夫婿羅達禮。

「你來做什？」霍鳴玉極不願讓他看見自己跟一個大色鬼混在一起，便明擺出想要把他趕走的架式。「我還有緊急的事情要處理，沒時間跟你閒話家常。」

「聽說妳剛才去找過我爹，鬧得不太愉快？」

「算了，此事休再提起。」

羅達禮低聲道：「我又聽說昨夜高昇酒店發生了極大的亂事；今日早上，城內又亂成一團，莫非都跟妳有關？」

「這也不用你管。」

「我剛才去過形意門總部，沒看見半個人。」羅達禮頗爲體貼。「我只是擔心妳無處可去，我在城內另有一棟別院可供棲身。」

「不勞費心，我自有地方可住。」

不防姜無際在旁冒出一句：「現在已經沒啦。」

原來他料定出林狼必會率領躲在邙山的同夥前往雙賢莊尋仇，所以在霍鳴玉進城上告之際，建議水、火二莊主搬回洛陽城內避難。

「雙賢莊不可再去。」姜無際胸中另有算計。「羅公子的別院倒是理想的處所。」

七零八落的十三太保

七殺門主耿天尊帶著龍二、古九、唐十一在紫雲觀前的廣場上練拳給烏有道長觀看。耿天尊邊打邊講解：「所謂七殺，就是上殺、下殺、左殺、右殺、前殺、後殺、中殺。」

烏有道長跟著學習拳架式：「我這樣子還像吧？」

唐十一奉承：「可以可以！道長怎麼打都對！」

「我只要學好中殺就夠了。」烏有道長一個頭槌撞在山門上，把山門都撞塌了。

這時，馬首、西門四、鄧五把一臉傻笑的游十三、歐陽八扛了回來。

耿天尊大驚：「他們怎麼了？」

「又被霍鳴玉那賤人給打傻了！」

金六早就被霍鳴玉打成了白癡，畢十則在昨夜被「威震八荒」孟騰浪打癱，司馬三、獨孤十二都被嚴洛王點了穴道，成了半個廢人，蕭七已死在牢中。

十三太保折損過半，只剩馬首、龍二、西門四、鄧五、古九、唐十一還是正常的。

耿天尊痛哭號啕：「此仇不報誓不爲人！道長，您一定要幫我主持公道。」

烏有道長淡淡一笑：「拳鬥大會上，看我把形意門的人全都打成肉醬。」

正說間，天下第一莊的總管單辟邪率領著幾個華服僕從匆匆來到。「俞公子有請烏有道長至敝莊一敘。」

這怪物竟然也跟第五公子俞啖至有關係？刺殺皇上的陰謀難道又是俞啖至在幕後主使？

單辟邪趨前向烏有道長耳語了幾句。

烏有道長連連點頭，掀髯而笑：「這有何難？貧道自當送俞公子一個見面禮。」

豬與男人的卑鄙心思

羅達禮的別院頗爲清幽雅致。

「這是爲了我們的將來所準備的。」羅達禮悄悄對霍鳴玉這麼說，自不免讓少女心中激發不小的悸動。

誰不欣賞珍惜感情、用心經營未來的人呢？

這幾日連遭磨難的霍鳴玉難免興起乾脆退出江湖、嫁作人婦的衝動。

姜無際則被安排在院中最偏僻角落的邊間。

羅達禮並不認識這個大捕頭，還以為他是形意門的弟子、霍鳴玉的跟班，當然不會特意款待。

山膏十分不滿，牢騷道：「那個紈褲子弟有眼不識泰山，你為什麼不給他點顏色看看？」

姜無際卻似很滿意，躺在床上只管哼著小調。

「那小子有財有勢，又有學問，長得又帥，又早跟霍姑娘有婚約，不管從哪一個角度來看，都遠勝過你這個痞子變態。」說著如此鞭辟入裡的分析，山膏的憂焚之情溢於言表。「你再不努力，想要脫掉霍姑娘的衣服，可就難了！」

姜無際嘆道：「皇帝不急，急死太監，你這麼瞎心弄火的蹦個什麼勁兒？」

山膏涎笑：「我從來沒見過身材那麼火辣的妞兒，真想好好的細瞅一下！」

「正如你所言，我的情敵是貴冑公子，我哪有資格跟他分庭抗禮？」姜無際的話雖然說得喪氣，臉上仍一派輕鬆。「除非，嗨嗨！」

山膏知他滿肚子壞水，忙問：「除非什麼？」

姜無際悄聲道：「前些日子我就發現這座別院大有蹊蹺，只是一直抽不出時間來查個清楚，今天有這機會，當然不能放過。」

「原來你是乘機來查案的？」山膏興奮跳腳。「要不要我先幫你去探探？一定沒有人會注意我這條豬。可恨你從來不帶我去辦案！」

姜無際一頭栽回床上，笑道：「萬一你將來建了大功，當上了總捕頭，那我還混什麼呀？」

小豬查案

山膏對於偵探推理有著異樣的熱情，雖然腦袋並不具備半點抽絲剝繭的能力，仍無損牠的幹勁。

牠翹著捲捲的小尾巴，假作覓食的東嗅嗅、西慫慫，踅到了別院正廳外，一些高聲喧譁、行逕怪異的年輕人來來去去，不知弄些什麼勾當。

山膏倒也懂點人情世故，暗自尋思：「舉凡官二代、富二代總是會被一些幫閒無賴人等捧著、哄著、拱著，想要不紈褲也不行。這羅達禮還算是個好的，最起碼現在對霍姑娘一片癡情，頗爲難得。」

然而眼前這些年輕小伙子的行爲實在太啓人疑竇，嗆嗆呼呼的喊著：「我又賣了十五張！我身上的票賣光了，快補給我！」

山膏這兩天都在城外避難，並不知道拳鬥大會的黃牛票已賣翻了天，當然聽不懂他們在吼些什麼？

只見羅達禮忙進忙出，左手收起小伙子們遞來的銀錢，右手則拿著一疊票券：「唐丟毛，再給你二十張。小鍋王，這十張給你。」

山膏心忖：「霍姑娘說他正在跟高昇酒店的王掌櫃學習打算盤，難道準備經商就需要跟這些混小子打交道？其中顯然有鬼。」

山膏既獲得了寶貴的情資，就想回報姜無際，一轉身，兩條妖嬌的母狗迎面跑來，尾巴誇張的扭動著，扭出一圈圈魅惑的波紋。

就算山膏人模人樣、人頭人腦、人言人語，但牠畢竟是一條正值青春期的小豬公，哪裡忍受得了這種誘惑？挺起能征慣戰的金槍，跨到了母狗背上，這個弄弄、那個戳戳，好不快樂！

正在欲仙欲死的當兒，但聞大廳內傳來一聲慘呼：「殺人啦！救命啊！」竟是羅達禮的聲音。

山膏一驚，趕緊倒戈入鞘，轉頭一看，羅達禮一步三跌的衝出大廳，後面緊跟著一名手持利刃的蒙面黑衣人，身手頗爲俐落，一個縱躍就抓住了羅達禮的衣領，右手刀往他背心直刺而下。

山膏暗喊一聲：「公子死矣！」

倏見人影一晃，一個飛踢踹在那刺客的胸口上，登時滾了出去，暈死在地。

來人正是霍鳴玉。

羅達禮從驚駭中回神，感激涕零：「鳴玉妹子，多謝妳了。」

那幫小伙子本都被刺客嚇得躲在一邊，此時都圍了過來，爭相逞強：「這傢伙趁我不注意偷襲，要不然我早把他打趴了……我剛剛往後跑，是為了想去拿菜刀……我舉起大花瓶，已經對準他的頭了……」

霍鳴玉正自失笑，忽又聽得一個小子尖聲道：「我正聚氣於丹田，若那姑娘不出手，我也能把刺客一拳打飛！」

霍鳴玉聽這聲音好生熟悉，扭頭看去，竟是唐丟毛。

許多事情電光石火的聯結到了一處，原來這裡就是黃牛的大本營。

羅達禮所謂的正在跟高昇酒店王掌櫃學習經商之道的第一課，居然就是販賣黃牛票！他憑藉知府之子的關係，把洛陽府衙還沒賣出的百分之三十門票全都無本攬下，再放出霍連奇已經返回洛陽的風聲，使得門票行情一日數漲；等這一票賺夠了之後，再轉而投資高昇酒店。

霍鳴玉的怒氣還沒來得及衝上頭頂，可又看見姜無際懶洋洋的從魚池的假山後面走了出來：「知府大人嚴命捕快抓黃牛，不料黃牛就躲在他自己的家裡。」

羅達禮乾咳道：「這……這有什麼大不了的？」

黃牛們也都應聲：「對啊，有什麼大不了的？」

「不求上進，只會投機取巧！」霍鳴玉對於這個未來的丈夫失望透頂，又極為不悅的瞪著姜無際。「原來你勸我來這兒，是早有算計？」

姜無際笑道：「一日為捕快，終身為捕快，既有案子就心癢。」

霍鳴玉氣了半死，不想再待在這兒，轉身就走。

急得羅達禮大叫：「鳴玉，萬一那刺客醒過來，我們要怎麼辦？」

眼見那黑衣蒙面刺客已有甦醒的跡象，黃牛小伙子們都忘了剛才發的狠，紛紛往後亂躲。

張小衰的祕密

霍鳴玉不免好奇，是誰想要刺殺羅達禮？大步走了過去，把他的蒙面布一掀。

此人竟是形意門的弟子、進財大酒樓的伙計張小衰！

霍鳴玉腦中一陣昏亂，兩巴掌打醒他，厲聲問道：「你為何要跑來刺殺羅公子？」

張小衰終於清明過來之後，才恨恨道：「大小姐，這個人……這個人……」望著周邊眾多閒雜人等，頗有難言之苦。

「你快說啊！」霍鳴玉不耐。

張小袞悄聲囁嚅：「他跟三姨太有姦情！」

如同一把鐵鎚砸在霍鳴玉的頭頂上，使得她完全呆掉了。

「那一晚，我跟老康學完了菜，正要回家，卻看見他鬼鬼崇崇的從三姨太房內出來。我那時並不認識他，只是心想，這事兒萬一聲張出去，霍家的名聲可就完了，所以我半個字兒也不敢說。」當慣了跑堂的張小袞，心思自然細密。「但隔天晚上我又看見妳約他在酒樓見面，這才知道他竟是妳未來的夫婿，嚇得我端菜進房時差點摔了一跤。」

霍鳴玉想起那晚張小袞的失態，原來是因爲此事。

張小袞恨得咬牙切齒：「大小姐，他是妳的未婚夫，居然還跟三姨太攪七捻三，這種人渣留在世上有何益處？所以那時我就打定主意，非要一刀殺了他不可！」

張小袞的語聲雖低，仍被大家聽得一清二楚。

唐丟毛笑道：「羅公子，你好本領啊。」

羅達禮慌得團團轉：「鳴玉妹子，妳休聽他瞎說！」

張小袞氣得爬起身，找不到刀，緊握拳頭就想往他頭上砸。

霍鳴玉面罩寒霜的伸手攔住：「用不著跟這種人嘔氣，從此不理他也就算了。」

羅達禮哀鳴一聲，幾要下跪：「鳴玉，妳怎可如此絕情？」

姜無際眼見霍鳴玉這般痛恨未婚夫婿，暗自高興，跟著她往外走。

驀見人影晃動，一條惡夢般的身影已攔在他們面前。

烏有道長！

公子有請

「二位別忙，有人想請你們當座上賓。」

烏有道長笑嘻嘻的說道，緊接著耿天尊率領僅存的六名徒弟一起出現。

「小賤婢，妳打殘了我三個徒弟，看我怎麼收拾妳。」耿天尊就待動手。

烏有道長把臉一沉：「他們是俞公子的貴客，若傷了半根汗毛，你要怎麼交代？」

七殺門人雖來自不毛之地，但也畏懼第五公子的威名，哪敢造次？

霍鳴玉暗自心驚。「形意門跟天下第一莊素無往來，找我做什？俞啖至跟這妖怪又是何關係？」

姜無際胸有成竹的悄聲道：「好漢不吃眼前虧，現在犯不著跟這怪物作對，就隨他走一趟再做計較。」

霍鳴玉已無膽量跟這蚩尤化身動手，只得點頭同意。

姜無際又朝著烏有道長淡淡一笑道：「在下來到洛陽之後還未拜訪過俞公子，今日故人相見，應當別有一番滋味。」

姜無際跟第五公子俞錟至竟然是故交舊識？

這可是沒人知道的事情。

大宋境內凡是跟俞錟至有交情的各色人等，無不到處大肆宣揚，以抬高自己的身價，姜無際竟絕口不提這層關係，令人莫測高深。

烏有道長一指羅達禮，吩咐七殺門人：「此人乃是知府之子，把他一起抓去，也許有點用處。」

羅達禮又傻了，只不過是賣幾張黃牛票，有這麼嚴重嗎？

如此這般的堂兄弟

天下第一莊的總管單辟邪又在忙著發布人事命令：「荒字第一千九百七十八號賓客芝麻李，雙手既殘，右腿又瘸，只餘獨目，留此無益，著令給予撫恤金五百兩，即刻出莊，不得逗留。」

芝麻李已經哭喊了一整天，沒半個人理他，此刻只得悻悻道：「俞公子如此對待曾經出過死力的功臣，實令天下英雄心寒！」

單辟邪瞪眼道：「抗命不遵，口出惡言，著令扣除撫恤金一百兩。」

芝麻李再也不敢吭氣，哭哭啼啼的領了四百兩走了。

姜無際等人恰好看見這一幕，都在肚中暗笑。

宛若白玉雕成的俞㷊至已端坐大廳中央等待，活似一尊號令鬼神的三太子。

耿天尊的狗腿性格止不住流露出來，小跑步的趨前五步，一揖到地：「多謝俞公子幫我們解決了牢中的蕭七，使得捕房沒能查到我們七殺門頭上。在下姓耿，乃是……」

俞㷊至根本不想理他，輕輕把手一揮，耿天尊頓即自慚形穢的閉嘴，自動退到了一旁。

霍鳴玉心忖：「原來假扮廚師老康的蕭七是被這俞公子派人毒死的，他的黑勢力居然已滲入了府衙。」

俞㷊至望著烏有道長笑道：「蚩尤大哥，我不請你，你就不來，何見外如此？」

霍鳴玉心頭猛震：「他已知這雜毛老道是蚩尤的化身？不但早有來往，還叫他大哥，可見他倆是一丘之貉，但他們究竟是什麼關係？」

烏有道長冷哼一聲，指著姜無際道：「我幫你把你的堂弟帶來了。」

霍鳴玉、羅達禮與七殺門人這一驚更是非同小可。

姜無際竟是第五公子的堂兄弟？

霍鳴玉已知姜無際乃夸父之後，那麼俞㷊至又是什麼身分呢？

姜無際當然看出她心中疑惑，笑道：「這位俞公子其實跟我一樣姓姜，但他是神農氏炎帝最後一任帝王榆罔的嫡系子孫，所以自稱姓俞，㷊至之名當然就暗指炎帝了。」

霍鳴玉恍然大悟。昨夜姜無際已經說過，蚩尤本是榆罔手下的猛將，後來反目成仇；夸父則是榆罔的姪兒、蚩尤的拜把兄弟。這三人之間有著糾纏不清的恩怨情仇，而現在，三千五百年後，三方的後代竟聚會於此，他們又將展開什麼樣的決鬥？

鬥智與鬥力

俞啖至、姜無際與烏有道長正好在大廳內形成一個三角。

姜無際表面上仍屌兒郎當，腦中其實轉個不停。

他仍處在休眠期，來硬的可不行，只能以智計取勝。

「人與人之間必有矛盾，但挑撥離間的技巧可不簡單，搞個不好，自己先倒楣。」姜無際假裝很疼山膏，抱著牠在廳中走動，一邊思忖著：「蚩尤乃是一介莽夫，只想報仇；俞啖至則深沉得多，不知還有什麼殺著藏在後面？應當先從蚩尤下手。」

一邊懶洋洋的打著呵欠，一邊走到烏有道長面前：「蚩尤，當初你不滿榆罔，反出了炎帝陣營，投效黃帝，現在怎麼又改變主意，要跟榆罔的後代聯合了？」

俞啖至悠悠一笑：「後來他更恨黃帝的陣營。」

烏有道長冷哼：「誰不知道我天生反骨，誰當我的領導，我就反誰！」

姜無際又打一個呵欠：「我倒有個疑問，你們兩人聯手推翻了大宋之後，何人做主、哪個當王？」

俞聧至和烏有道長都假作坦然的瞟了對方一眼，其中不知蘊蓄了多少火花。

姜無際笑道：「依我看，你一身反骨，當不了臣子，只能當主子；那麼俞堂兄嘛，就只能當宰相囉。」

俞聧至笑道：「堂弟，你在我面前玩這一手，太低了吧？我就當宰相又如何？」

姜無際一挑大拇指：「還是堂兄聰明，當宰相好啊，過得這麼舒服，當王的可要去打擂臺呢。」

烏有道長瞟了高踞在上的俞聧至一眼，不滿的情緒又開始在胸中翻攪。

俞聧至的臉一板：「姜無際，你再說嘛，看我會不會斃了你！」

「是是是，我不敢胡說了。」姜無際滿臉諂笑。「喂，不管你們誰當上了王，可別把我扔在一邊。我好歹也能當個開封府尹之類的，沒事幫你們出出主意，或者你們兩個有什麼說不通的地方，我也可以當當和事佬。」

俞聧至想要吞併天下，當然希望能夠借重姜無際的本領：「堂弟，你若眞心歸順於我，我當然歡迎；但你若是敢糊弄我，我折磨人的手段可是千古未見。」

姜無際連連躬身：「是是是，我怎敢？怎敢？」

烏有道長一旁想著：「姓俞的滿口只說『我』、滿心只有他自己，且試探他一下，以後他會尊我為王嗎？」便乾咳了一聲，道：「這幾個狗男女知道的事情太多了，若不趁早除掉，必生後患！」

俞燄至閉上眼睛，品了口茶：「我這堂弟還在休眠期當中，作不了怪，先留住他們，等拳鬥大會過後再做處置。」

烏有道長心裡暗呸一口：「這是當宰相的態度嗎？臭小子，咱們走著瞧！」

涿鹿之戰

姜無際等人都被「請」入了一間上房。

羅達禮自從被抓來之後，人就傻了，此刻方才逐漸回神，驚懼的問著：「他……他們竟想推翻大宋？」

姜無際又雲淡風輕的躺上了床：「那位俞公子建議一個白癡知府舉辦拳鬥大會，吸引皇上來當頒獎人，再乘機刺殺。」繼而冷笑找補著：「羅公子應該曉得這個白癡知府是誰吧？」

羅達禮又呆住了，他哪知看似熱熱鬧鬧的拳鬥大會竟暗藏了如此兇險的陰謀！

霍鳴玉頗感興趣的追問：「昨晚你只說了一半，夸父既然能夠事前偵知黃帝大軍的布陣與動向，為什麼後來蚩尤會輸呢？」

佳人有問，姜無際當然起勁，挺直了身子說道：「當年蚩尤率兵反叛黃帝，在涿鹿之野展開決戰，蚩尤因爲夸父之助，九戰九勝，殺得黃帝灰頭土臉。當然，每一戰都間隔七天以上。」

「正好讓夸父度過休眠期。」

「沒錯。如果照這樣發展下去，蚩尤必勝無疑，但他犯了驕兵大忌，想要一舉擊潰黃帝，第九戰後，不顧夸父只休息了六天，就要展開第十場決戰。」

霍鳴玉道：「夸父難道沒有反對？」

「當一個人志得意滿的時候，聽得進別人的反對意見嗎？」姜無際苦笑著說。「蚩尤對他大聲咆哮，夸父只得勉爲其難的同意了，步出大帳，只見大軍調動頻繁，第十戰勢在必行。仰面一看，那夜繁星滿天，顯示明日必是好天氣，他長嘆一聲，展開追日神技，回到前一天晚上，進入黃帝大軍營盤，潛行來至大帳外，向內窺視，黃帝面前坐著一名長相怪異、打扮得花枝招展的女子，與一名背生雙翅的精壯漢子……」

羅達禮總算讀過不少書，搶著說：「是天女『魃』與『應龍』。」

霍鳴玉哼道：「現在賣弄你的學問已經沒有用了。」

姜無際因他倆瀕臨破裂的關係而高興不已，續道：「天女魃有停止風雨的本領，應龍則是黃帝手下第一員猛將，他們三人正開著高級軍事會議。夸父在外偷聽，愈聽愈心驚，因爲蚩尤最厲害的本領是能起大霧，並有風伯、雨師助陣，風、雨、霧同時並起，使得敵軍陣形大亂，變成一盤散沙，再引兵摧逐，如拾草芥。」姜無際嘆了口氣。「但此刻夸父發現，黃帝已有了破解之道……」

霍鳴玉凝目道：「黃帝就在這幾天內發明了指南車？」

「沒錯。夸父聽到他們的密議，駭異萬分，離開大帳在營盤內走動，果然看見前方停著一排從未見過的軍車。他趨前細瞅，那車的車頭上有個小木人，伸出右手，指著南方。夸父用手一撥，小木人被轉開，但馬上又轉了回來，仍然指向南方。夸父再轉數次，但不管怎麼轉，那小木人依舊指定南方。夸父驚訝於這種新發明，也知這就是足以擊潰蚩尤的利器，當下舉起罈大的拳頭，一拳擊毀了一輛指南車，還想繼續搗毀其他的車輛，但士兵們聽得響動，早已圍了過來，夸父好漢不敵人多，只得廢然離去。」

霍鳴玉道：「他不能再往前一些日子，讓黃帝根本發明不了指南車？」

姜無際拿起一枝筆，在牆壁上畫出簡單的時間座標：「追日神技當然有其限度，頂多只能前進一天或倒退一天。而且，回去容易回來難——回到過去是背日而行，事半功倍；從過去回到現在則是順日追逐，困難百倍。」

「原來還有這種差別。」

「夸父奔跑在原始森林、黃土高原上，要趕回去告訴蚩尤，別再使用大風、大雨、大霧的戰術，但是因為這次他只休息了六天，愈跑愈沒力氣，又口渴得要命，來到黃河邊上，趴在河邊大口喝水，把黃河的水都喝乾了，然後又繼續奔行。」

「喝多了水，更跑不動了。」霍鳴玉搖頭嘆息。

「太陽已遙遙領先，夸父耗盡了全身力氣也追趕不上，終於倒地氣絕，手中的木杖插入地面，轉眼間就變成一片樹林……」

「如今稱作『鄧林』。」羅達禮又想炫耀博學。

姜無際續道：「第十次大戰就在翌日一早展開，雙方大軍在原野上對峙。夸父沒能趕回來警告蚩尤，蚩尤當然故技重施，率領風伯、雨師立於陣前。風伯張開雙臂，狂甩袍袖，喚來大風；雨師則把手中的寶瓶扔向空中，喚來大雨。黃帝陣中，天女魃滾輪一般的轉動身軀，一束精光直衝上天，瞬時風停雨息。蚩尤這方兀自驚訝，應龍已指揮黃帝大軍衝殺過來。蚩尤既意外又憤怒，嘴巴一張，吐出大霧，席捲而向黃帝大軍，但黃帝發明的新型兵車上的小木人一直指著南方不動，根本不會迷失方向，筆直衝向敵陣，蚩尤軍猝不及防，全線潰敗。應龍振翅飛上天空，來到蚩尤頭頂，俯衝而下就是一刀……」

「把蚩尤的頭顱砍掉了！」羅達禮邊說還邊比劃著手勢。

「你最好再大聲一點，」霍鳴玉冷板下臉。「看那雜毛老道會怎麼對付你。」

羅達禮雖聽他們講了半天，內心仍不相信這些都是眞的，張口欲辯。

姜無際擺手制止他，續道：「其實那一刀並未砍死蚩尤，只是讓他休養了好幾千年。後來，天女魃回不了天上，但她所到之處皆旱，黃帝只得請天帝把她移往北方，所以直到今天北方還是經常發生旱災；應龍也回不了天上，去了南方，所以南方多雨。」

霍鳴玉嘆道：「唉，我一直以爲這些都是神話。」

山膏發話道：「本來就是神的故事嘛。」

霍鳴玉摸著牠的頭：「你也是神話中的一員。」

山膏假作暈倒，肚皮向天：「唉喲，我眞受不了這種溫情攻勢。」

霍鳴玉笑著擰了牠一把：「死小豬！」

只聽「砰」地一聲，有人倒地，扭頭一看，原來是羅達禮因爲小豬會說話，驚得暈過去了。

渾蛋大集合

卻說羅達禮被抓走後，別院中一團混亂。

以唐丟毛爲首的黃牛圍住張小袞扯不清楚。

「就算你並沒有殺死羅公子，但你仍是個刺客兇手，跟我們到衙門去。」黃牛們嚷嚷。

「我幫我師祖抓姦、替我師姑除害，有什麼不對？」張小袞嗆呼。

一行人吵吵鬧鬧的上了大街，恰好碰見莫奈何迎面走來，他還是一身老裝扮，嘴裡喊著：「面相、摸骨、測字，樣樣精通；命運、財運、官運，一說就中！來，小哥，小姐，算個命吧？」

黃牛們都罵：「先算算你自己的爛命吧，滾遠點！」

莫奈何一眼瞥見人群中的唐丟毛，猛然想起副捕頭鄭千鈞交代自己的任務還未完成，便一把抓住他肩膀：「你這黃牛小子，捕快正抓得緊，跟我去衙門說話。」

唐丟毛欺他只是個渾頭小子，喝道：「你是什麼東西？大伙兒，上，往死裡打！」

黃牛們就想圍而攻之。

莫奈何「嗆」地一聲，拔出了背上的「大夏龍雀」寶刀：「不怕死的只管過來！」

這柄大夏龍雀乃五胡十六國時期的「大夏天王」赫連勃勃親自督造，上有銘文「古之利器，吳楚湛盧，大夏龍雀，名冠神都。可以懷遠，可以柔逋，如風靡草，威服九區。」

此刀絕世鋒銳，僅只是刃身透出的刀氣就予人割膚刺臉之感，嚇得唐丟毛等人連連後退，跌撞成一團。「小道士邪門！」

忽聽旁邊一人道：「此人豈止邪門，根本是個煞星！」

眾人轉眼望去，發話者是一個坐在街邊乞討的殘廢乞丐。

莫奈何再一細瞅，發現他竟是芝麻李！

莫奈何喝道：「浣熊妖，你又想做什麼怪？」

芝麻李想要苦笑，卻比哭還難看：「你瞧我如今還能做什麼怪？」

莫奈何哪會輕易相信他，搶上兩步，把刀梗在他脖子上：「說實話，你到底想幹什麼？」

張小衰看不下去了，伸手攔阻：「小道長，你可別胡亂誣賴好人。」

莫奈何唉道：「你們有所不知，此人是個極兇極壞的妖怪。」

唐丟毛皺眉道：「看他的模樣挺討喜，又挺可憐的，怎會是妖怪？」

芝麻李不禁哭出：「還是人類富有憐憫、同情之心，比俞燄至那個怪物強多了。」

張小衰與黃牛們都是一驚：「你說第五公子是怪物？這是從何說起？」

莫奈何雖然當過天下第一莊的賓客，但並不知曉俞燄至的底細，聽得此言，也是大爲駭異。

芝麻李哼道：「他若脫光了衣服，你們就會看見他有著神農氏的特徵。」

「什麼特徵？」

「他除了四肢與腦袋之外，全身都是透明的，五臟六腑清晰可見，稱作『水晶肚』。」

眾人都嚷：「這也太噁心了！」繼而又都懷疑起來：「你這乞丐造謠毀謗、惡意中傷俞公子，不是個好人！」

莫奈何反而替他說話：「你們眞的沒搞清楚，他確實是個妖怪，他知道的事情比我們多得多。」

唐丟毛嗤笑道：「這世上豈有什麼妖怪，全都是一派胡言。」

但聽一個聲音脆笑道：「你這小子都被妖怪給睡過了，居然還說世上沒妖怪？」

唐丟毛怒道：「我被什麼妖怪睡過了？」

莫奈何背上的葫蘆冒出一股紅煙，櫻桃妖的少婦扮相出現在眾人面前，搔首弄姿的嫣然一笑：「你們都忘了我嗎？昨天在高昇酒店可是搞得你們頭暈眼花呢。」

黃牛們全傻了！回想起疲累、激情、爽極的昨日，又都四肢發軟、腎臟發疼、前列腺發腫。

芝麻李罵道：「妳這小妖精就恁點出息，怎麼弄上了這群沒卵的行貨子？」

櫻桃妖唉道：「沒魚，蝦也好嘛。」

莫奈何不耐道：「閒話少說，你爲何跟俞倓至鬧翻了？」

芝麻李哭訴：「他支使我做了多少沒良心的事，結果現在看我變成了殘廢，就一腳把我踢開了。」

櫻桃妖呸道：「你也有良心？活該！」

莫奈何道：「別打岔，讓他繼續說下去。」

芝麻李道：「總而言之，他跟紫雲觀的烏有道長勾結，抓走了你的師父提壺道人。」

「什麼？」莫奈何大驚。「他抓我師父做什？」

「你偷他的飛車，他恨死你了。」

「這只是你們的個人恩怨，我們可沒興趣。」張小袞與眾黃牛都想離去。

「他更大的陰謀是要刺殺當今聖上！」

小伙子們嚇了一大跳，又都走了回來。

芝麻李把拳鬥大會的內幕說了一遍，嚇得黃牛們目瞪口呆，繼而一想：「將來追究起來，我們豈不都成了幫兇？」止不住呼天搶地，五內俱焚。

何處討救兵？

「大家別慌。」莫奈何鎮定下心神。「如今之計，只有先去捕房報案。」

唐丟毛道：「你別傻了，俞公子每年都會送給捕房一千兩銀子加茶金，逢年過節還有紅包，所以他們怎麼可能去找俞公子的麻煩？」

張小袞也搖頭：「我聽大師兄說，他們不受理跟妖怪有關的案件。」

「如今怎處？」一干人等有的急欲立功、有的急於脫罪，便都絞盡腦汁的想著，如何阻止皇帝登上拳鬥大會的頒獎臺。

張小袁道：「可惜我家大小姐跟姜總捕都被烏有道長抓走了，否則還有些希望。」

莫奈何不知姜無際的本領，唉道：「一個捕頭管什麼用？我那結拜兄弟『劍王之王』項宗羽決不讓怪物得逞……」

「那你還不快去請他？」唐丟毛道。

「可惜他出城去追出林狼了。」莫奈何跌了一回足，又道：「我還有兩個好朋友，一個是『劍神』呂宗布……」

「他也是武林三大劍客之一！」張小袁忙道。「那你還不快去請他？」

「可惜他現在正在高麗國當乘龍快婿。」

「你還有一個好朋友是誰？」唐丟毛搶著問。

「此人剛出道，名喚『箭神』文載道，名頭不甚響亮，但他已得到了后羿神弓，箭法之高妙，簡直驚世駭俗……」

「那你還不快去請他？」張小袁、唐丟毛齊喊。

「可惜他正在西陲的夏國當駙馬爺。」

眾人正想開罵，莫奈何又道：「我還認識三個極厲害的人物，其中兩人是『西王母』座下的『左右大夫』黎青與黎翠……」

「那你還不快去請？」

「她倆遠在甘肅的『百惡谷』。我本有一輛『野鷹一九七』型的飛車，日行萬里，夜行八千，可以去找她們……」

「那你爲何不用？」眾人發急。

「可惜那飛車已經壞了。」

眾人氣又一沖，莫奈何可還沒說完：「還有一人是天神刑天的後代，名喚燕行空，此人功力絕頂，視死如歸，眞乃不世出的大英雄。」

「那你還不快去請他？」

「可惜今年三月間，他在崑崙山除妖一役中壯烈成仁了！」

眾人同聲大罵：「你講了半天，不全都是廢話？」

莫奈何心忖：「其實還有個邢進財大掌櫃頗有能耐，但他整天只忙著打算盤，對其他的事情不甚熱心，想請他出面去跟蚩尤拚命，恐怕有些困難。此刻我若再提他，豈不更是找罵？」

唐丟毛猛一拍手：「對了，你的那個女妖伴當應該有點作用吧？」

櫻桃妖在葫蘆裡哼哼：「我只有七千年的道行，在蚩尤面前就跟條毛毛蟲一樣，我才不找死呢。」

一直在旁沉默不語的芝麻李忽道：「你們都忽略了一個重點，我認爲先救出姜無際才是當務之急。」

眾人都一楞：「姜無際有這麼厲害嗎？」

芝麻李道：「兩個月前，我在東京開封曾經見識過他的本領，確實高明，但這還不是最重要的，根據我最近的觀察，發現俞啖至對他頗爲忌憚，可見他具備某種神通。」

張小衰沉吟道：「但他已被抓去了天下第一莊，就憑我們這些渣滓，怎能救得出他？」

莫奈何低頭思考半日，驀然有了主意，將身一縱，指著唐丟毛等黃牛小子大叫：「這事兒全著落在你們身上！」

暴打黃牛！

翌日一早，在大街上溜達的人們都被一陣喧鬧之聲吸引了過去，幾個小伙子正扭打成一團。

其中一個頗有拳架式，打得另外幾人東歪西倒。

「咦，那不是進財大酒樓的店小二張小衰嗎？」百姓們都有點詫異。「他一向待人親切和氣，爲何會與人廝打？」

大家圍了過去，又認出被打的一人是最近總在街上兜售黃牛票的唐丟毛。「一定是因爲你出價太高了，所以才被打……對啊，一張票三十五兩白銀，也太黑心了！」

「不是這個原因，」張小衰大聲道。「我不怕票貴，只怕被騙！」

百姓們都一楞。「這是從何說起？」

「他到處宣揚說，形意門的掌門霍連奇已經回到洛陽，要參加拳鬥大會，其實根本沒有這回事兒。」

百姓們頓時憤慨難平：「唐丟毛，原來你胡亂製造謠言，是何居心？」

唐丟毛苦臉道：「我根本不曉得霍連奇是誰，這些話都是我老闆叫我這麼說的。」

「你老闆又是誰？」百姓們狠狠逼問。

「就是……」唐丟毛彷彿很心虛的低下了頭。「就是羅知府的公子，羅達禮。」

莫奈何假作路人，在旁逼問：「羅達禮爲什麼要這麼做？」

唐丟毛更裝得像一個做錯了事的小娃兒：「因爲他跟知府衙門的書辦串通好了，把剩餘的票券都弄到手裡，變成了黃牛票。」

百姓們的惱怒一下子升到了最頂點。上一屆的拳鬥大會，大家都可以免費觀賞，這一屆卻變成了要買票，主辦的知府衙門又內神通外鬼，知府之子不但包攬票券，弄得黃牛滿街跑，還放出假消息來刺激買氣，這不是把所有的老百姓都當成肥羊來宰嗎？

莫奈何暴跳如雷：「這個羅達禮太可惡了！」

百姓們也都跟著亂跳。「可惡可惡！可惡至極！」

莫奈何又跳：「把他抓出來！」

百姓們也跳。「對！把他抓出來！」

唐丟毛怯怯道：「可他已經躲進了天下第一莊……」

大家一聽，全都不跳了。

怎麼第五公子也有分兒？

俞谿至威名在外、有錢有勢又懂得收攏人心，可沒人敢招惹。

芝麻李見此情形，心知這時若不添油，火必熄，當下大吼一聲：「天下第一莊又怎地？你們怕他，我可不怕！」

邁開唯一的一條好腳，向前拐去。

眾人眼見一個殘廢的乞丐都有這種膽氣，怎肯落於人後？亂糟糟的全跟著他走往城外。

莫奈何、張小衰、唐丟毛等人暗中互拍一下巴掌。

看來，這計畫竟可望成功！

大鬧天下第一莊

氣憤難當的洛陽百姓出發時只有三百多人，他們一路高聲叫罵、鼓動群眾，走上延慶門大街時，已變成了一千多人；走出西門時，又增加爲八千多人！

聲勢浩大的一群人湧到了天下第一莊外，大門守衛當即傻眼。

俞啖至委派的總管單辟邪是個非常細心的人，十年前就編定了「守衛準則」，共有七百五十八條，包括了所有可能的突發狀況以及處理方式、處理程序等等，但是現在守衛們翻遍準則，卻找不著如果碰到百姓群聚群抗議時，該如何處理的條文。

芝麻李深知守衛的弱點，當先把手一揮：「闖進去！」

百姓們兀自遲疑。

芝麻李喝道：「第五公子乃是沽名釣譽之徒，他不敢把大家怎麼樣的。」

百姓們放下了心，如入無人之境般的湧入莊內，立馬變成了一群觀光客，四處亂逛亂看、指指點點。

這消息當然即時報給了俞啖至，氣得他一張玉臉通紅。

烏有道長與七殺門人從昨天就住在這裡，此時出主意道：「把這群亂民一頓打殺不就結了？」

俞啖至瞪眼道：「如此一來，官家出巡洛陽就不是來觀看拳鬥大會，而是來平亂的了。」

耿天尊等人連忙陪笑：「是是是，必須得和氣收場。」

烏有道長不解：「他們到底跑來亂什麼？」

總管單辟邪正好進來，回話道：「他們說什麼要來抓黃牛。」

「黃牛抓到我這兒來？」一向算無遺策的俞錟至也一頭霧水。

「他們說黃牛的頭兒就是羅達禮。」單辟邪說時狠瞪烏有，似在責怪他為何要把羅達禮抓來？

俞錟至哼了一聲：「既是羅知府的公子惹出來的事端，羅知府自會來處理。」

果不其然，羅奎政聽說洛陽百姓大鬧天下第一莊，早已點起兵卒、捕快，殺奔前來。

他一進莊門，就被百姓團團圍住。「羅大人包攬票券、縱容黃牛，今天你一定要給我們一個交代！」

羅奎政心中氣憤：「明明是我嚴命追捕黃牛，怎麼變成我縱容黃牛了？」

手下的兵馬鈐轄趨前悄聲道：「大人，亂民人數眾多，要不要先給他們一個下馬威？」

羅奎政罵道：「胡來！洛陽已湧入了十幾萬名外地來的觀光客，都是來看拳鬥大會的，連官家都已在半路上，你這麼一攪，把人都嚇跑了，洛陽的惡名一夕之間傳遍天下；再則，官家怪罪下來，你有幾個腦袋？」

嚇得那兵馬鈐轄差點溼了褲襠。

副捕頭鄭千鈞一眼瞥見唐丟毛雜在人群中起鬨，衝過去一把抓住：「大人，這個傢伙就是黃牛的頭兒。」

唐丟毛高聲怒叫：「你別胡說，黃牛的頭兒是羅知府的兒子！」

百姓們又都開始鼓噪。

羅奎政一驚之後，心裡終於明白黃牛票券的始末，但他臉上當然不露，厲喝道：「刁民竟敢攀誣士子良民？把他拉上來，先打二十大板！」

唐丟毛一不做二不休的嚷嚷：「羅知府，你快完蛋了！你辦的這個拳鬥大會已經有怪物混入，準備刺殺皇上！」

羅奎政聽他的說法跟霍鳴玉一模一樣，心中暗驚，但他仍拒不承認世上有妖怪這種東西，當下一聲暴吼：「你妖言惑眾、造謠生事，可惡至極，給我往死裡打！」

可憐唐丟毛被軍士的一頓亂棍，打得渾身皮開肉綻，不知還有沒有命在？

單說張小衰心繫霍鳴玉的安危，一進莊門就拉著芝麻李：「我家大小姐被關在哪裡？」

芝麻李猛搔頭：「莊內可以關人的地方很多，我可搞不清楚，大家分頭去找吧。」

芝麻李趁著莊內大亂，隨意亂走，一邊暗自算計：「俞燄至竟敢得罪我這妖怪，我一定要叫他死得很難看！」懷著這種強烈報復的心情，有縫就鑽，不達目的誓不罷休。

但見一間客房的外面守衛森嚴，想必就是軟禁姜無際與霍鳴玉的所在。

來。

芝麻李此時已沒有跟人拚鬥的本錢，正在心中盤算如何支開警衛，烏有道長已快步走

蚩尤化身的烏有最忌憚的只有夸父，昨日因俞儋至的阻止，沒能殺死姜無際，現在發覺陰謀似有敗露的跡象，更即起了殺心。

他來到客房前，守衛們還想問話，被他幾個頭槌撞得四散噴飛，再一腳踢開房門，衝了進去。

「姜無際，納命來吧！」

豈料，房中竟空無一人。

烏有道長返身衝出，提起一名守衛，厲聲問道：「人犯爲何不在房內？」

守衛嚇得要死：「我們……不知道啊！」

烏有道長再轉頭望向房中，這才發現角落裡被挖出了一個大洞，敢情是打地道跑了。

烏有道長一聲怪嘯，身形一長，追向莊後。

豬鼻子的作用

莊園的後方有一片青草地。

忽然間，一塊草皮被一個紅色的東西一拱就鬆動開來，緊接著，山膏挺著牠那慣於穿

山掘地的豬鼻子，鑽出地面，然後向洞內叫道：「快出來！」

霍鳴玉隨後鑽出，笑道：「原來姜無際床下的那條地道就是你挖的？可真是神了！」

「小事一樁，何足掛齒？」得意洋洋時的山膏，忘了罵人，出口斯文。

姜無際最後喘吁吁的爬出：「快走！」

烏有道長龐大的身形已從遠方縱躍而來：「想跑到哪裡去？」

以姜無際現在的腳力，逃不出十步就會被烏有斃於掌下。

就在此時，天空上飛來一個古怪的東西，劃出一道絕美的弧線，落在他們身邊，竟是一輛飛車！

原來莫奈何進入莊內之後，趁著那陣大混亂，先救出了師父提壺道人，再去飛車製造廠找到飛車小子任天翔，死賴活求的弄到了一輛嶄新的飛車，剛剛飛上天空，就看見烏有道長逼向姜、霍等人，便即趕來救援。

「這車子好玩！」山膏興奮嚷嚷。

「快上！」

霍鳴玉抱起山膏丟入車內，再把姜無際也扛了進去。

烏有道長怒極攻心，拚命飛撲趕到。

飛車在千鈞一髮之際飛離地面，烏有道長奮力一縱，巨掌抓出，只扯裂了一片風帆。

關於駕駛技術重要性的討論

「下一步又該如何？」

剛剛逃離地獄之門，姜無際、霍鳴玉又煩惱非常。

莫奈何笑道：「小道士我呢，面相、摸骨、測字，樣樣精通；命運、財運、官運，一說就中。你們就讓我算個命吧？」

姜無際擺手道：「沒興趣。」

莫奈何直直盯著霍鳴玉：「唉呀，這位姑娘，妳活不過五天了！」

山膏怒罵：「烏鴉嘴，滾開啦！」

莫奈何低頭看著牠，笑道：「好咧，《山海經》的〈中山經〉裡有記載，喜歡罵人的紅小豬，山膏。」

姜無際心頭一動：「小道長的見識倒挺廣。請問，有沒有能夠迅速增強體力的藥物？」

莫奈何還沒開口，飛車已劇烈旋轉起來。

原來烏有道長抓壞的風帆是主帆，飛車失去動力，陀螺也似滴溜溜的直往下掉。

「你這是什麼鬼東西？」山膏嚷嚷。

「沒事兒，抓緊欄杆就好。」莫奈何有不少失速墜車的經驗，不慌不忙的拔出「大夏龍雀」寶刀，一刀砍斷主桅桿，便拉平了車身，但還是止不住俯衝而下之勢。

將近地面時，莫奈何張開車尾的兩張小帆，平穩的降落在一處大莊院的大門外。

「我的駕駛技術眞是愈來愈進步了。」莫奈何擦了把冷汗，聊以自慰。

類固醇一樣的果子

姜無際、霍鳴玉爬出車外，見這莊院好生眼熟，卻是前晚借住過的雙賢莊。

孫阿水、魏阿火那兩位「賢人」已躲入了洛陽城內，但莊中仍留有許多駿馬與馬車，正好供眾人使用。

莫奈何找了匹好馬給提壺道人：「你快回括蒼山去吧。」

「唉，外面太兇險了，還是老家好。」嚇破了膽子的提壺道人這輩子都不會再出外雲遊了。「你要不要跟我一起回去？」

莫奈何一挺胸膛：「皇上的命懸在我手裡，我還有大事要辦呢。」

霍鳴玉套好了一輛馬車，載著姜無際、山膏準備上路。

姜無際不忘追問：「小莫道長，我剛才的問題，你還沒給我答案。」

莫奈何想了半天。「這嘛……中曲之山，有種樹木，名叫櫰木，樹形像棠，圓葉子，紅色的果實，跟木瓜一樣大，聽說吃了這種果子就能增加力氣。」

姜無際再問：「中曲之山在哪裡？」

莫奈何東南西北的亂指一通：「在……在……你們自己去找本《山海經》來看吧。」

天下第一奇書

《山海經》可算是有史以來第一奇書、怪書。

它的作者並非一人，許多內容來自於口頭傳說，成書的年代也無法考證，大約是在戰國初年至漢朝初年。

它記載了許多遠古時代的神話與各種怪獸、怪鳥、怪植物，又包括了巫術、宗教、歷史、地理、礦物、醫藥、各地風俗、各國風情與各民族的起源等等。

其中最完備的就是對於崑崙山眾神的描述，可惜後世之人對於他們或者一無所知，或者視為無稽之談。

為何如今的世界再也沒人提及這些神祇？

其實是因為他們自行退隱了。

這倒也奇了，還有神明不願意接受人類的崇拜供奉而跑去躲起來的嗎？

天帝與魔尸的賭局

說起崑崙眾神的隱遁自有一段原由。

距今一萬年前，「天帝」率領眾神降服了妖魔的領袖「魔尸」與所有具備萬年以上道行的大妖怪，並將牠們封印在崑崙山西邊「陰陽斷崖」崖頂上的巨大山洞之中。

但魔尸在步入山洞之前，停住腳步，向天帝大喊：「幾十萬年以來，人類對妖魔的崇拜遠遠超過對神祇的崇拜，如今你用暴力擊敗我們，強奪人類對我們的信仰，這是無恥的作為！現在，人類即將成為世界的主宰，所以應該要展開他們自己的命運。」

天帝同意點頭：「沒錯，人類已經長大了，不能再像個小孩子一樣，依賴這個、祈求那個，我當然不會強迫他們信仰我。」轉身命令眾神。「從今天開始，我們崑崙山的神，不再現身人間，並且不許接受人類的崇拜。」

魔尸又跟天帝訂下賭約，內容是：往後的一萬年間，如果每一年都有一個最傑出的人類願意把自己的靈魂送給惡魔，妖魔們就能解除封印，重回人間。

天帝沉思半晌，做出決定：「我接受你的挑戰。」

眾神全都皺眉。「這……好嗎？」

天帝冷靜的說：「如果人類真的喜歡惡魔，那就讓他們被惡魔統治吧！」

眾神不再言語。於是乎，在接下來的一萬年裡，崑崙眾神都隱去了蹤跡，讓許多後來與外來的神在人類的世界裡大行其道。

而人類真的很不爭氣，每年都有一個各行各業最頂尖的人，意猶未足，還要把靈魂出賣給魔尸派在人世間的代表，也就是芝麻李。

今年恰滿一萬年，芝麻李收齊了一萬條最傑出的人類靈魂，於三月間趕赴崑崙山，按照約定，眾妖魔就得以釋放，重新統治世界。

眾神之中唯一沒有閒著的是失去了腦袋的刑天，他派出他的第三百零三代子孫燕行空監視芝麻李的行動，在最後關頭，燕行空糾集了邢進財等刑氏子孫，以及「劍王之王」項宗羽、莫奈何、櫻桃妖、梅如是等人趕到崑崙山，於解除封印的前一刹那，粉碎了魔尸的陰謀，將牠們再度列入庫存。

魔尸與眾妖魔的反撲行動徹底失敗，人類才得以繼續正常的生活在他們的世界之中。

當初崑崙山眾神在天帝的命令下，整整寂寞了一萬年，如今賭賽已贏，他們豈會再甘於寂寞？

這就成了眾神在這幾個月裡必須面對的課題。

崑崙眾神的甦醒與反擊

天帝與三百六十五位神祇的辦公室就在崑崙之丘。

崑崙山原本四季如春，如今因為神氣全消，而變得冰鎮萬里。

辦公室是一棟金黃色菱形十二面體的建築，材質全都是從墨路斯海溝裡挖出來的水晶。

天帝的大辦公室當然在最頂層，其他神的座位都散布在大廳裡。每個神都有一個專屬的辦公區，由一垣矮矮的短牆圈住，正如每個人都擁有一座疏離的城。

天神「武羅」是個細腰白齒、戴著兩隻金耳環、有著渾身豹紋的小伙子，自從眾妖魔被重新封印之後，他就半刻都閒不住，不停的在辦公室內搔頭踱步，溜到每一個辦公區去和其他的神祇胡亂哈啦：「沒事幹呵，有點無聊吧？」「你多久沒出去逛逛啦？不怕雙腳變成殘廢？」「自助餐廳裡的菜都吃膩了，很想吃點人類供奉的酒食哩。」

他的攛掇，首先在「帝江」的身上發生了作用。

這「帝江」的身體就像一顆黃色的皮球，滾動時還會發出丹紅色的火燄，他有六隻腳、四隻翅膀，平常最愛唱歌跳舞，可以想見他在這一萬年間有多麼的悶——眾神只要一聽見他開口，就掩耳疾走；一看見他抬腿，就四散奔逃。

「武羅，我就知道你這小子的鬼心思最多，你到底有什麼打算？」帝江露出心癢難耐的模樣。

「當初是因爲跟魔尸賭賽，所以我們才閉門不出，現在這理由已經消失了，我們何不去人間走走，顯顯神通？」

帝江聽得亂蹦蹦，渾身發出紅赤赤的光芒：「正合我意，深得我心！」

旁邊有人冷哼：「現在的人類根本不知道我們是誰，我們去討這沒趣幹嘛？」

發話者是「勃皇」，這個龐大的傢伙形狀像牛，生著八隻腳、兩個頭、還有一條馬尾巴。

武羅不悅皺眉：「就是要讓人類重新崇拜我們啊。」

「可他們已經把我們忘得光光的，我們還要重起爐灶，太累人了。」勃皇沒啥興味的打著呵欠。

「不！我知道人間有本《山海經》，把我們記載得很詳細，尤其是，把我描寫得挺漂亮的。」武羅洋洋得意的背誦著經文：「其狀人面豹文，小腰而白齒，而穿耳以鐻，其鳴如鳴玉。嘿嘿，他們說我挺時髦，聲音很好聽呢。」

「自戀狂！」勃皇鄙夷。

「失敗主義者！」武羅不屑。

「你罵誰？」勃皇大怒。

「我罵孫子！」武羅拍桌。

兩人劍拔弩張的對峙，武羅的個頭只到勃皇的肚臍，他的細腰還沒有勃皇的手腕來得粗，但他仍像隻小公雞似的挺起胸脯直逼對方身前，兩個人加起來的十隻腳踏得白玉地板發出天崩地裂的聲音。

這時，澤神「延維」過來了，他的身體是蛇形，生著兩顆人頭，身穿紫衣，頭戴旃冠，一副謙謙君子的模樣，最喜歡當和事佬，但問題是，他那兩顆頭的步調不一致。

一個頭說：「唉呀，大家都是老同事，何必傷和氣？」另一個頭卻道：「你們兩人從來只會相罵，就沒見過你們相打，這回可不可以結結實實的打一頓？」

正亂成一團，搖著一條狗尾巴的「長乘」也來了，笑道：「我說武羅啊，你的想法是不錯，但很難執行呢！」

「怎麼說？」武羅不服。

「現在中原的人類，拜的不是佛就是道，就算我們跑去顯靈，他們也會把我們當成邪神。」

「你怎麼知道？」帝江追問。

「不瞞各位，我早就偷跑出去試過了。」長乘的狗尾巴洩氣的垂了下來，夾在雙腿之間。「上個月我閒得無聊，跑去東京開封遛達，見那『鹿家巷』裡有間小土地公廟，香火還挺旺盛的，我就把那土地公喚出來，要他讓位，不料那老頭兒竟不允，還想跟我廝打，被我兩巴掌打掉了三顆牙，再兩腳踢斷了他的孤拐……」

武羅唉道：「你也太不厚道了。」

「總而言之，我坐上神壇沒多久，便有一個名叫蘇透的窮書生跑來拜。」

「他想求什麼？」大家都問。

「他跟一個姑娘情投意合，想要成婚，但女方家長都是見錢眼開之輩，硬要他五百兩銀子聘禮，家徒四壁的他當然無法籌措。」

勃皇道：「五百兩銀子不過小事一樁，隨便舉個手就解決了唄。」

「不，我的看法可沒這麼媚俗。」長乘哼說。「我若使出五鬼搬運之法，從不管哪個富豪之家搬出一些錢給他，那可一定教壞了他，以後書也不讀了，老是跑來找我要錢，怎麼辦？而且也顯不出我的手段。」

「沒錯！」武羅佩服的露出一嘴小白牙。「你挺勵志的。」

「那你怎麼辦呢？」眾人又問。

「我啊，尾巴一翹，走下神壇，嚇得那蘇透癱倒在地，然後我就帶著他直闖那姑娘家，把那兩個死要錢的父母叫出來。」

「可直接。」眾人都點頭。

「我先一拳把那父親打得額頭缺了一角。」

「打得好！」眾人喝彩。

「然後又抓住那母親的雙腳，把她頭下腳上的在井裡浸了十八次。」

「浸得妙！」大家都拍手。

延維的一顆頭嘆道：「我覺得你太野蠻了。」

另一顆頭反駁道：「你懂個屁，我們從前不都是這樣辦事的？」

先一顆頭道：「可現在時代不一樣了，現在的人類比一萬年前文明得多，所以我們也該文明一些，否則文明人怎麼會拜野蠻神呢？」

眾人不耐。「你們兩個閉嘴啦！」

延維的兩顆頭齊道：「我明明就只是一個人。」

長乘不理他，續道：「我把那姑娘拎到蘇透家，將她剝了個精光，丟在床上，然後叫那蘇透騎上去。」

「理當如此。」眾人都點頭。

「但那蘇透居然嚇癱了，」長乘笑著搖動狗尾巴。「所以我就用我的尾巴，嘻嘻，你們也知道我這尾巴的神奇妙用……」

勃皇不屑：「不過就是壯陽而已。」

「我用尾巴攪了攪，他就可以辦事啦！」

延維的一顆頭又嘆道：「哪有這種搞法的，簡直亂來。」

「反正，事情辦完了，生米就煮成了熟飯，兩人不做夫妻也不行了。後來，我叫那蘇透幫我重新寫塊匾，掛在我的新辦公室門口。」

「寫了些什麼？」眾人好奇。

「那小子的字眞不錯，『長乘天尊』四個大字掛在門口頗爲氣派，不料我剛剛坐上神壇，『上清宮』的道士就來了一大群。」

「他們來做什？」

「當然是那姑娘的勢利眼父母去請的。」

「那些渾頭道士又能把你怎麼樣？」

「他們在外頭畫符作法也就罷了。」長乘氣得眼中含淚、尾巴直抖。「沒想到街坊鄰居都提著糞桶、尿桶，還弄了些狗血，一古腦的潑進來！」

大伙兒驚呼：「竟把你當成了邪魔歪道！」

「我一氣之下，把他們全都拎起來掛在樹上。」

「該掛！」

「結果驚動了開封府尹，居然發兵前來圍勦！」

勃皇打了個哆嗦：「大軍出動了？這可不妙！」

武羅呸了一口：「誰像你這麼沒出息？」

長乘嘆道：「想咱們本領雖大，但若要跟上萬大軍廝殺，未免太累人了，所以……」

「聽見沒有？」勃皇瞪了武羅一眼。「這才叫聰明。」

「我等到晚上，想進府衙去找府尹算帳，不料才剛走到大門口，竟被『神荼』、『鬱壘』那兩個傢伙擋了下來。」

帝江皺眉道：「神荼、鬱壘？從前不過只是兩個小神，連上崑崙山的資格都沒有。」

延維的一顆頭嗐道：「吾兄有所不知，他倆後來投靠道教，現在正當紅呢。」

另一顆頭難得的同一個鼻孔出氣：「如今眞是小人出頭、君子落寞啊！」

迫使刑天頹廢的原因

眾人亂罵了一陣之後，決定去找刑天出來當領頭羊，因爲他是眾神當中最爲驃悍的一個，只有他不怕天帝與西王母。

當年，他不服天帝的領導，右手金斧、左手銀盾，與天帝在常羊之山大戰五百回合，最後一個閃神，被自己的斧頭砍掉了腦袋，但他把乳房變成了眼睛，肚臍變成了嘴巴，繼續拚鬥不休，弄得天帝也爲之膽寒，視他爲戰神，所以大家都想慫恿他出面，解除大伙兒不准下凡至人間的禁令。

刑天的辦公區裡堆滿了各式各樣的健身器材，他卻完全沒在用，挺著大肚子坐在角落裡咯吱咯吱的啃甘蔗。

武羅驚呼：「你怎麼又肥了？」

「又胖了十五斤。」刑天換上一顆碩大無朋的蕃石榴，卡嚓卡嚓的嚼。

「這麼多器材爲何不用呢？」眾人都問。

刑天嘆了口大氣：「我的肌肉不能再鍛鍊了。」

「爲什麼？」

「我的眼睛長在乳房上，如果胸肌練得太壯，會使得眼珠子暴突出來，好像甲狀腺機能亢進一樣，難看死了；我的嘴巴可又長在肚臍上，如果腹肌練得太強，會讓我嘴巴張不開，連說話都困難，更別想啃東西喫了。」

大伙兒面面相覷，心知他已成了半個廢物。

「唉，算了，我們還是自立自強吧。」

天帝發出邀請

天帝的拿手武器是一根霹靂木杖，當眾人鬧鬨鬨走進他的辦公室的時候，他正在用它來擊打一顆小白球。

「你不會太玩物喪志了嗎？」眾人囁囁嚅嚅。「這樣下去，我們何時才能出頭哇？」

天帝還沒答話，西王母就從側門走了進來，發出一聲尖嘯，插在髮上的玉簪隨時都會變成飛鏢射出。「你們剛才群聚密議，無非就是想造反！」

西王母蓬頭亂髮，豹尾虎齒，長相十分獰惡，她主管災癘瘟疫與五刑殘殺，翻臉不認人，又掌有考績大權，令眾神最爲忌憚，她手下還有三隻紅頭黑眼的鳥，名喚大鵹、少鵹、青鳥，都是卑鄙的窺視者與告密者，眾神的一舉一動都逃不過他仨的監控。

西王母瞪著武羅，齜出一嘴虎齒：「萬年以來，就數你這小子最不安分——腰細的，心最壞！」

武羅大聲喊冤：「妳不要血口噴人，我可是爲了大家好。」

「唉，我知道總會有這麼一天的。」天帝揮手制止即將發生的爭執，傳下命令：「有請四方總管。」

崑崙之丘的的架構是這樣的：天帝爲首，西王母是特別助理，之下還有四方總管——東方木神「勾芒」，南方火神「祝融」，西方金神「蓐收」，北方海神「禺彊」。

四大總管到齊之後，天帝便道：「一萬年前，因爲我們和魔尸訂下了賭賽，所以我限制大家在人間活動，現在既然賭局已畢，這禁令也就應該廢除，但是，嘖！中原的人類在這一萬年間的改變，實在出乎我的意料，我恐怕大家去到人間，非但討不了好，反而弄得一身腥。」

「沒錯，那些航行海上的水手完全忘了我。」海神禺彊悲嘆。「就我所知，我們之中如今最出名的只剩西王母、女媧與祝融了。」

祝融呸道：「我出什麼名？出的都是惡名！不管哪家發生火災，都說是祝融肆虐，我到底招誰惹誰啦？」

風神「因因乎」猛搖頭：「現在中原的人類很奇怪，沒有風神，也沒有雷神、雨神，他們如此不敬畏超自然的力量，該當讓他們嘗點苦頭。」

西王母恨恨道：「或者乾脆把他們統統毀滅了吧！」

天帝沉吟片刻：「中原的人類是女媧用泥土造的，我們應該聽聽她的意見。」

女媧在崑崙眾神之中輩分極高，只差天帝一級而已，但她一向沉默，從不跟人爭功諉過，吃了虧也不計較，所以一向得不著便宜，後來竟被西王母壓了過去，她就愈來愈退縮，成爲辦公室裡最不惹人注目的一個。

現在，大家都目注著她，等候她的裁奪。

女媧又沉默半日，方才緩緩道：「我派在人間的監督者還沒給我報告，過些日子再說吧。」

「原來妳也有密探？」眾神都很有興趣。「是什麼人？」

女媧閉上了嘴，於是大家都知道，這問題大概還得等上十萬年才會得到她的回答。

武羅對人類頗有好感，當然要替他們說些辯解之辭：「人類並非忘恩負義，只是因爲一些新興的宗教吸走了他們的注意力，我們想要搶回原先的地位，應該不難。」

「話不能這麼說。」天帝語重心長。「不管是佛是道，人家都有中心思想，有嚴謹的理論。再瞅瞅我們，我們有什麼？組織上一盤散沙，思想上一鍋稀粥，行爲上一塌糊塗。」

天帝邊說邊瞪著長乘，顯然已經得到大鵹等告密者的情報，知曉了他的那趟荒唐之旅。

長乘忙搖狗尾巴：「我覺得最主要的問題還是佛、道強占了我們的地盤。」

正所謂「歪理人人愛聽，正道只能靠牆」，大伙兒立刻附和長乘的觀點，鬧鬨鬨的嚷成一團：「對對對！叫他們把地盤還出來！」

天帝被他們吵得頭暈，最後只得無奈道：「這樣吧，我們邀請各教各派的大老來開個大會，大家協調出一個辦法。」

延維的一顆頭道：「沒錯，大家坐下來好好談談，沒有解決不了的問題。」另一顆頭卻道：「他們若是不聽，休怪我拳腳無情！」

天帝轉向西王母：「這邀請函就交給妳了。」

西王母老大不爽：「又要我寫字兒，又不給我添一臺自動寫字機，好不缺乏企業效率。」

眾神的排場

幾經交涉，會面的地點選在泰山之巔。

崑崙眾神急吼吼的一大早就到了，頂著驕陽等了半天，不見半條鬼影。

「莫非被他們放鴿子了？」長乘不耐大罵。「都是些沒膽鼠輩！」

眾神也都跟著起鬨。

武羅眼尖，忽朝東方天空上一指：「那是橐什麼玩意兒？」

眾神齊地抬頭，一團七彩斑爛的祥雲由天際疾湧而至，伴隨著一陣莊重優雅的樂聲，緊接著，一輛由九條獨角巨龍拉著的玉輦穿透雲層，迴旋而下。

九龍玉輦上的九光寶蓋之下端坐著「玉皇大帝」，身穿九章法服，頭戴十二行珠冠冕旒，手持玉笏，身後站著金童玉女；他的身旁坐著「王母娘娘」，頭戴鳳冠，身披霞衣，左右陪侍著六位夫人，兩名專責送子、兩名專管催生，兩名專治瘟疹。

「搞這種排場？」崑崙眾神都在心裡嘀咕。「包準中看不中用。」

緊接著又見三條仙影從另一邊緩緩而來。

居中者是「元始天尊」，坐在一頂玉輿上，頭罩神光，彩雲護體，身披七十二色神衣，手捻混元珠；「太上老君」在左，身長九尺，鳥喙隆鼻，眉長五寸，耳長七寸，額有三理，足有八卦，身穿一襲五彩雲衣，胯下一頭火眼青牛，手持法寶「金剛琢」；另一人乃是「通天教主」，騎著一匹翠紅麒麟，頸項上掛著二十四顆定海神珠，手持混元金斗。

崑崙眾神一向都不用什麼武器法寶，都空著雙手，見此情狀，不免自慚形穢，尋思道：「我們也該弄些什麼東西拿在手裡，壯壯行頭才是。」

道教眾神轉瞬來到山巔，天帝趨前行了一禮：「多謝眾位赴會。」

元始天尊淡淡一笑：「久聞崑崙眾神在萬年以前主宰整個中原大地，一直無緣相見，今日一會，如盼甘霖。」

崑崙眾神俱皆心忖：「這場面話說得倒好聽。」

勃皇因己方陣容浩大，膽子便也大了，粗著嗓門嚷嚷：「廢話少說，今天找你們來，就是要你們給個交代。」

眾神又都喧鬧開來，弄得天帝也禁止不住。

正亂哩，西方又亮起一片靈光，好大一朵蓮花壓天而來，上面端坐著擁有五眼、六通、十力、十八不共法，大慈大悲、救苦救難、正見正覺的「如來佛祖」。

他的身後跟著三位神力通天的尊者，居中是右手楊柳枝、左手淨瓶的「觀音菩薩」；另一位「文殊菩薩」手持寶劍，騎在一頭青毛獅子背上；再一位「普賢菩薩」則手持玉如意，座騎是一頭六牙白象。

崑崙眾神又都暗想：「不論佛、道，都有車輿、座騎，我們卻什麼都沒有，成天挺著兩根孤拐走路，當眞是寒傖得緊了！」

空前絕後的辯論

天帝等與會者都到齊了，便開聲道：「今日之會也沒什麼大事，就是我們『崑崙教』想要重現人間，希望各位鼎力相助。」

崑崙眾神都在肚中暗笑：「咱們也是一個教派啦。」

如來佛垂眉低首：「各教自有因緣，如何相助？」

太上老君也一捻長髯：「不出戶，知天下。貴教萬年不出戶，善哉美矣！何必有重現人間之念？」

武羅聽他們滿嘴推托之辭，火上心頭，厲聲道：「我們是基於禮數，想先通知你們一聲，你們當我們眞的需要你們的幫忙？未免狗眼看人低！」

太上老君嘆了口氣：「多言數窮，不如守中。」旋即閉嘴不語。

通天教主也是個火爆脾性，冷笑道：「那好啊，你們就只管橫空出世，看中原人類還會敬奉你們嗎？」

勃皇猛地一拍面前石桌：「你們先把地盤讓出來！該回天竺的就回天竺，該騎著懶牛西出函谷關的也別閒著，快滾！」

他末尾的這段話明指太上老君，但後者置若罔聞。

玉皇大帝輕咳一聲：「天師爲何不說話？」

太上老君淡淡道：「聖人處無爲之事，行不言之教，老夫沒什麼好說的。」

觀音菩薩輕搖手中楊柳枝，打著圓場：「我們並沒有什麼地盤觀念，天下是大家的，愛來的來，愛去的去，爲何要弄得如此火爆難堪？」

元始天尊沉聲道：「這種事兒不能勉強，你們若想獲得人類的崇拜，得靠自己的本領，強逼我們讓出地盤，結果你們也接收不了，有什麼用？」

「就是這話！」通天教主哈哈大笑。「瞧瞧你們那模樣，根本沒有進化，還停留在野蠻時代。」

這話可戳到了崑崙眾神的痛處，全都暴跳如雷。「什麼野蠻？你們有排場、有陣仗，就自以爲高人一等？可別忘了，當初人類就是野獸，我們都是這樣一步一腳印，一起走過來的。」

「但時代是會改變的，」觀音菩薩慢條斯理的解釋著。「如今的人類，思想已變得複雜許多，所以神祇也要有複雜的外貌與內涵，才能得到他們的信奉。」

普賢菩薩望著勃皇道：「大家瞧瞧這位仁兄，兩頭八腳、還有一條馬尾巴，人類見了不嚇殺才怪！」

文殊菩薩也指著木神勾芒、海神禺彊道：「這兩位身居總管之位，卻都是人面鳥身，在人類眼中豈不有損身分？」

原來崑崙眾神在南方的多半是人面龍身，在西方的多是人面馬身、牛身或羊身，北方的泰半是人面豬身還要加上八隻腳或一條蛇尾，東方的都是人身羊角，位居中央的則多馬身龍首或鳥身龍首。

反觀佛、道諸神，個個人模人樣、莊重體面，相較之下真是天差地遠。

天帝喟然大嘆：「由此看來，人類把我們忘了自有原因。」

長乘自從上了山頂，便用狗尾巴將一塊大石頭掃得乾乾淨淨，坐在上面，這時也洩氣的悶聲喃喃：「忘了，忘了，我們統統都被忘了……」

忽聽一人大哭道：「這有什麼稀奇，我也早就被人忘了！」

這悽慘的聲音恍若發自地底，大家毛骨聳然的找了半天，這才發現號啕者原來是長乘坐著的那塊大石頭。

大伙兒忙問：「你是何人？」

那石頭悶悶道：「吾來自極西之西方，名喚『宙斯』。」

眾神不耐。「原來是個名不見經傳的小神，此處豈有你說話的餘地，快快閉嘴！」

宙斯縮了縮脖子，向長乘道：「請你不要坐在我的身上，可不可以？」

長乘怒道：「你這麼大個塊頭，讓我坐坐有什麼關係，難道會少了你一塊肉？」

「當然不會，只是……」宙斯囁嚅。「你那狗尾，搔得我癢！」

佛、道諸神鬨然大笑，弄得長乘好不氣憤尷尬。

但聞一個嬌脆的聲音道：「大家不要太刻薄了，崑崙山眾位大哥大姐的野蠻相貌是可以改進的嘛。」

接著就見王母娘娘走下九龍玉輦，輕移蓮步的走到女媧面前，上下打量了幾眼：「這位大姐眞好模樣，可惜怎麼配了個蛇身呢？」邊說邊牽起女媧的手。「妳跟我回天宮，我幫妳好好打扮一下，如何？」

女媧不發一語。武羅瞪眼道：「她又不是勾欄院的，需要什麼打扮？」

王母娘娘妙目流轉，瞟了他一眼：「你這小伙子也挺俊，若再配上幾件稱頭的飾物，不難成爲人間第一花美男。」

武羅被她這麼一誇獎，由不得暈陶陶，搔頭傻笑。

可惹惱了一直站在一旁的西王母，衝上前去，一把拖走女媧，並踢了武羅的屁股一下：「別跟這妖女搭訕！」

王母娘娘忍怒道：「妳這形貌獰厲、不男不女的東西，何出此言？」

西王母齜出豹齒、擺動豹尾，發出一聲厲嘯：「妳可知道我是誰？」

「正要請教。」

「只我便是西王母！」

王母娘娘抿嘴一笑：「原來，嘻嘻！」

「妳偷笑什麼？」西王母愈怒。「妳這個山寨版！」

「唉喲，大姐，妳說的這什麼話？什麼叫作山寨版？」王母娘娘收回笑容，柳眉倒豎。

「妳自是你，我自是我，誰是正版、誰是山寨？」

西王母轉面朝向所有人：「大家給我評評理，一萬年前，人類只知道我這西王母，管的是瘟疫、刑殺，所以大家都對我敬畏萬分。曾幾何時，竟跑出來了這個什麼王母娘娘，裝出一副慈祥和藹的面目，騙走了原本屬於我的信眾。」

「騙？」道教眾神都嗤之以鼻。「這說法不通之至。」

佛教諸神露出沉思之狀，繼而也都紛紛搖頭否定：「不通，不通。」

觀音菩薩緩緩道：「西王母，妳是瘟神，跟賜福送子的王母娘娘是兩碼子事兒，妳有妳的陽關道，她有她的獨木橋。」

西王母暴喝一聲，截下話頭：「不管怎麼說，她都不能魚目混珠，今天既然三頭六面的對上了，我決不妥協，她一定得改名換姓，把『王母』二字拿掉！」

玉皇大帝怫然作色：「王母拿掉，就只剩下娘娘，像話嗎？」

天帝心忖：「你這什麼玉皇大帝也是我的山寨版，且先按下不表，稍等再跟你算總帳。」

西王母可沒這麼好耐性，厲眼一瞪，伸出雙拳：「若不答應，我們就拳腳下見眞章！」

元始天尊失笑：「吾等仙道中人，要以各人的法力來爭取信徒，怎能跟市井之徒一般廝打鬥毆？僅看這一點，就顯出妳西王母的神格不足。」

西王母怒急攻心，正要出手攻向王母娘娘，驟聞旁邊傳來一陣陰惻惻的話聲：「各憑本事爭取信眾確是正途，但仍有一條邪道可行——就是把你們統統都幹掉，中原就都是我們的啦！」

我們也要參一家

諸佛眾神心頭猛震，轉眼望去，三名形狀怪異的番僧連袂而來。

爲首一人騎著一頭「難敵」白牛，他的頭上長著一彎新月，頭髮盤成犄角形狀，脖子呈現恐怖的青黑之色，額頭上生著第三隻眼睛；右首一人四頭四手，騎著一隻孔雀；左首一人也有四條手臂，騎著一隻金翅大鵬「迦樓羅」。

如來佛驚呼一聲：「怎麼『婆羅門』的三大主神也來了？」

這「婆羅門」是天竺最古老的教派，有破壞、創造、維護三大主神。

那生有三隻眼睛的名喚「溼婆」，就是破壞之神，手持一柄稱作「阿賈伽瓦」的三叉戟，腰間插著一柄劍，背上揹著一張「比那卡」弓與一根「卡特萬伽」棍棒。

祂那第三隻「智慧眼」可厲害了，在宇宙週期性的毀滅之際，能噴出一股神火，殺死所有的神祇與一切生物。

騎孔雀的是「梵天」，乃創造之神，四隻手上分別拿著權杖、水壺、念珠與蓮花。

騎大鵬鳥的名喚「毗溼奴」，是維護之神，全身皮膚呈現深藍色，四條手臂各拿著善見神輪、法螺、金剛杵以及蓮花。

太上老君沉聲道：「婆羅門在天竺好不興旺，來中原做什？」

溼婆笑道：「信徒不嫌多，地盤不嫌大，中原是塊好地方，這裡的人類對於神佛又是來者不拒、良莠兼收，所以我們當然想來湊上一腳。」

佛、道諸神俱皆一驚，暗道：「我們在這裡享了近千年的福，好不容易壓低了崑崙眾神想要重新出山的念頭，不料這婆羅門又來攪局，若不將他們趕走，我們的好日子可就過完啦。」

當下你一言我一語的舉出各種理由，勸說他們別來中原，通天教主心下焦焚，大吼道：「中原已經神滿為患，容不下你們，快滾回去吧！」

溼婆乃破壞之神，自也不是好惹之輩，冷笑道：「我剛才已經說過，把你們統統幹掉，地盤不就空出來了？」

通天教主一揚手中的混元金斗：「倒要領教一下你有何本領？」

淫婆陰笑著向天長呼：「哈努曼，交給你啦！」

兩隻潑猴的戰爭

山頂眾神但覺一陣強風捲過，一隻高大威猛、四臉八手的猴子猶若天降滾雷般的出現在山頂。

他毛色金黃，面如紅寶石，尾巴奇長無比，搥兩下胸膛，發一聲吼，震得大伙兒耳鼓發麻。

這神猴「哈努曼」的神力可以移山倒海，縱跳之間能夠捕捉行雲，直上天庭。但他天性頑皮，一次惹惱了天帝「因陀羅」，發閃電將他擊落，使得他摔壞了下巴。「哈努曼」這個名字的意思便是摔壞下巴。

觀音冷哼：「不過是隻潑猴，有啥稀奇？」扭頭喝道：「悟空何在？」

又聞天上一聲響亮：「老孫來也！」

另一隻神猴也從天而降。

眾人細觀這「齊天大聖」孫悟空，好個樣貌，頭戴鳳翅衝天冠，身穿鎖子黃金甲，腳踏登雲履，從耳朵裡取出一枝小金針，迎風一晃，頓時變得碗口粗細，就是那名震天下的金箍棒！

哈努曼厲喝道：「早就聽說中原出了你這個仿冒品，也敢在本大爺面前現身！」

悟空笑道：「你的變化沒我多、本領沒我強、鬼點子也沒我的好玩，你一跳只能跳三千里，我一個筋斗卻能翻出十萬八，所以就算我是仿冒品又如何？人家喜歡我，遠勝於你。」

王母娘娘便也朝向西王母悠哉而笑：「聽見沒有？人類愛我，遠勝於妳。」

氣得西王母又想找她廝拼，天帝悄聲道：「稍安毋躁，他們既然已先鬧開了，我們就先按兵不動，看清他們的手段再說。」

話還沒講完，哈努曼已發動攻擊，他的武器是一根虎頭金棍，掄將開來，真個是聲威驚人。

悟空哈哈大笑，舞起金箍棒迎上前去，兩條棍棒化作了兩個金漩渦，霎眼撞在一起，只聽叮叮咚咚連串脆響，渾若鐘磬齊鳴，又似爆炒栗子，梆梆點點的砸在旁觀眾人的心頭上。

轉瞬千招已過，二猴依然不分高下。

悟空心中焦躁，拔下一把毫毛放在嘴中嚼碎了，「呸」地一口噴出，變成了千萬隻小猴子，團團圍住哈努曼，有的騎上他的背、有的攀住他的頭、有的啃腳、有的咬耳，還有的好不骯髒，直往他胯下、屁眼裡鑽。

哈努曼冷笑道：「這種小把戲也好拿出來唬人？」特長的尾巴一甩，藏在猴毛裡面的跳蚤、蝨子都跳了出來，變成無數小哈努曼，與小悟空打成一團。

剎那間，整個泰山山頂都擠滿了小猴子！

小猴子不但互相廝殺，還往眾神的身上跳。

勃皇嚇得八隻腳亂踩，哇哇大叫：「別來找我，不干我的事！唉喲，別挖我的屁股！」木神勾芒是個人面鳥身的傢伙，興許是樹木管多了的關係，使得他的腦袋也變得跟木頭差不多，雖然有個恍似會飛的鳥身，但只會棲在樹枝上不動，問他三十句話，通常得不到半句回答。這會兒小猴子爬滿他全身，他也只哼唉了半句：「嗯，關於這個嘛……」

帝江可耐不住了，他的身體像個毬，小猴子都攀不住他，他又天生一副愛打亂仗的性格，當下哼唱著歌兒，渾身發出丹紅色的火燄，著地胡亂滾動，被他撞著的小猴子不是燒得焦黑，就被壓得粉碎。

崑崙眾神被他這麼一鼓動，全都出手了，「陸吾」的九根虎尾巴見猴就纏，「蓐收」的大鉞見猴就砍，巫咸、巫即、巫盼、巫彭、巫姑、巫眞、巫禮、巫抵、巫謝、巫羅等「十巫」

亂唸著咒語，喚來了許多亂七八糟的蟲兒，盡往猴子身上爬，把那些小猴子打得滿山亂跑。

天帝連聲呼喝，仍然禁止不住，氣得連連跳腳。

悟空笑道：「崑崙山的各位大哥，咱們好歹都屬於中原一脈，可不可以別打我的分身，只打那些長尾巴的小猴子？」

崑崙眾神雖不知道孫悟空是何方神聖，因見他態度還不錯，便都轉而專門攻擊小哈努曼。

哈努曼大怒如狂，撇了悟空，揮舞金棍來趕崑崙眾神。

武羅哼道：「我們橫行中原的時候，你還不知道在哪兒呢！」飛起一腳，踢在哈努曼的下巴上，把那潑猴踢出數十丈遠。

原來武羅在旁邊觀察已久，早已看出哈努曼的弱點就是昔年摔壞的下巴，這一腳正中罩門，讓他久久起不得身。

婆羅門的三大主神溼婆、梵天、毗溼奴見勢不妙，齊發一聲喊，揮舞十般兵器，一起殺將過來。

太上老君搖頭嘆道：「兵者不祥之器，不得已而用之。」催動座下青牛，掉頭便走。佛、道諸神也都慌忙離去。

天帝氣得大嚷：「他們的主要目標是你們，你們怎麼反而先跑了？」

太上老君兀自搖頭：「強梁者不得其死。」

眨沒一下眼，全走得精光，把崑崙眾神氣了個目瞪口呆。

悟空笑道：「那班糟老頭兒一向如此，想我老孫當年被他們糊弄得也夠了！」

話猶未了，溼婆的「阿賈伽瓦」三叉戟已刺了過來。

悟空大叫：「這個厲害！」忙挺金箍棒相迎。

崑崙眾神已打開了癮頭，哪管三七二十一，一起攻上。

溼婆右手使戟、左手使劍；梵天的權杖、水壺、念珠、蓮花，殺傷力也不弱；毗溼奴的善見神輪、法螺、金剛杵、蓮花則各有路數。

三大主神聯手對敵，頗難應付。

又聽天上發一聲喊：「何處番僧，居然敢小覷中原無人？」

一條巨大的身影猛然落下，右手金斧、左手銀盾，竟是已經癡肥的刑天！

武羅興奮高喊：「刑天大哥，我就知道你是假裝變胖的。」

刑天哼道：「你們不安於室，總想慫恿我帶著你們往外跑，我當然想斷你們的念。」

武羅笑道：「也好說這話？結果你還是不甘寂寞。」

溼婆細瞧刑天的模樣，捧腹大笑：「你這廝連頭都沒有，跑來逞什麼兇、鬥什麼狠？」

刑天大怒，掄起大斧劈去，把那「阿賈伽瓦」三叉戟砍得只剩下一叉。

浮婆慌忙抽出揹在背上的「卡特萬伽」棍棒想要招架，刑天又接連兩斧，把那棍子劈成了三截棍。

浮婆驚呼：「聽說中原自稱禮義之邦，怎麼會有這般不講理的蠻子？」

他乃破壞之神，何曾跟人講過理？只是碰上比他更橫更蠻的人，他也沒轍兒了。

他座下的「難敵」白牛蹬了蹬蹄子，就想衝鋒，不防帝江哼著歌兒，發出丹紅色的火燄，著地滾來，在牠的四隻腳邊兜了一轉，燒得牠亂蹦亂跳。

崑崙眾神士氣大振。風神因因乎捲起二十多個龍捲風，「泰逢」、「計蒙」、「屏翳」則招來了暴雨，西王母的髮簪在強風暴雨之中亂射，「英招」、「紅光」、「天吳」、「少昊」、「耕父」……各奮精神、各展神通。

梵天座下的孔雀「刷」地一聲展開尾羽，剎那間光芒四射，照得眾人眼花撩亂，梵天乘機掄起權杖亂打。

長乘哼道：「看誰的尾巴比較厲害？」狗尾一甩，正如一根爛木棍劃過華麗高貴的玉屏風，登即七零八落，武羅手快，將那些炫亮無比的孔雀彩羽全都拔光了，只剩得一隻禿尾巴，再覷隙搶過梵天手裡的權杖，一折兩段；勃皇這會兒的膽子也大了，搶過梵天另一隻手裡的水壺，一拳搗了進去，把水壺的底兒都打穿了。

武羅笑道：「大塊頭，這還是第一次看你打架。」

勃皇頗得意：「看你以後還敢對我不尊敬？」話沒說完就挨了武羅一腳，痛不欲生。

另一邊，木神勾芒看見毗溼奴胯下的迦樓羅金翅大鵬一副很跩的樣子，便也不再發呆，振翅攻上。大鵬鳥見他也像隻鳥，哪知好歹，伸出金色的鳥喙便啄，勾芒雙手奪住，左右一扭，竟將鳥嘴折成了麻花形狀。

毗溼奴氣得全身深藍色的皮膚都變成了紅色，祭起善見神輪就朝勾芒打來，卻被祝融半途攔截，一腳踢下山去；陸吾的九根虎尾輪番擊打，鬧得毗溼奴頭暈，一個失神，法螺就被帝江搶走，吹沒兩口便爆了殼兒。

婆羅門這回來的人少，眼見現下強弱之勢太過懸殊，只得騎著瘸了腿的白牛、禿了尾巴的孔雀、折了喙的大鵬鳥，怫然退走。

悟空長嘯一聲：「崑崙再現，人間之福！」一個筋斗，不見蹤影。

崑崙眾神互相擊掌慶賀。

延維的一顆頭笑道：「眞一場好殺！」另一顆頭則說：「我們不是來跟佛、道開辯論大會的嗎？要不要擇日再辦？」

就不提他被眾神修理得多慘了。

武羅當上了太監

回程途中，武羅與帝江做一路同行。

帝江仍一逕高興的又蹦又跳、哼唱著歌兒，武羅則時時露出難得的沉思神情。

「在想什麼呢？」帝江道。「從來沒見過你這麼作古正經的樣子。」

「我看呵，我們若想復出人間，必須得改頭換面一番才成。」

「你被那些菩薩洗腦了？」

「他們說得對啊！我們出場的時候沒有儀仗排場，又沒有威風煞氣的座騎，空著一雙手，連件像樣的武器法寶都沒有，又不懂穿著、不會化妝，全都是一副獸頭獸尾的死樣子，既野蠻又寒傖，尤其那長乘的狗尾巴最不像話，簡直丟臉死了！」

帝江笑道：「聽說現在人間有種地方叫作勾欄，裡面都是演戲的，照你這麼說，我們乾脆改行去演戲算了，反正我又能唱又能跳。」

正說間，來到了滎陽上空，武羅往下一看，乖乖隆的咚，驛道上蔓延著好長一條人龍。

「下面在幹什麼？」

兩人按下行雲，躲在道旁樹林裡，極目望去，竟是大宋皇帝出巡的鑾駕，前後簇擁著羽林禁衛、鹵簿儀仗，就有一萬一千二百二十二人之多，再加上宦官宮女、文武百官的隊伍，足足綿延了八里長。

原來當今的大宋皇帝趙恆正要趕去洛陽觀看拳鬥大會，兩天前從東京開封出發，現在才走了一半，來至滎陽附近。

武羅靈機一動：「瞧這陣仗多麼壯觀威風，我們正好可以觀摩學習一下。」

「說得也是。」

兩人搖身一變，變成兩個小黃門宦官，武羅依舊齒白腰細，一副伶俐討喜的模樣；帝江則化作一個圓滾滾的小胖子，高高興興的唱著歌兒。

兩人混進了宦官隊伍，跟在皇帝的輿輦後面走，一邊仔細打量這浩大的服飾、器具的展示場。

說這話也奇了，皇上出巡何等莊嚴肅殺，他倆雖是神仙，怎能輕易混得進去？

原來宋朝繼承殘唐五代之亂世，從一片凋蔽破敗之中復甦過來，有關皇室的許多事物都以簡略為貴。皇帝出巡，百姓不但不須跪拜迎接，甚至可以群聚圍觀，許多閒人還跟著隨扈夾道馳走、大呼小叫，邏司、街使全然不管；若經過繁華市街，亦不禁止人們擠在樓上憑高俯瞰。

此次出巡亦是如此，整列隊伍行走得鬆鬆散散，並無嚴謹的章法，皇帝鑾駕之後只有一百多個親事官緊緊跟隨，禁衛勁騎則都好似散兵遊勇，左七右八的遠遠綴在後面，因此武羅、帝江假扮內侍混入隊伍之中，一點都不困難。

終於有一名中年宦官見他倆眼生，走了過來：「你們兩個是誰？怎麼從來沒看過你倆？」

武羅早已料著會碰到這種事情，出左掌往他後腰一捏，笑嘻嘻的悄聲道：「你若聲張半句，你的腎臟就會裂成碎片，這可是最痛苦的死法，你要不要試試看？」

說著，手掌輕輕一施力，那宦官果然感受到五內俱焚、毀天滅地般的疼痛，差點撲地跪倒，眼淚鼻涕一起流了出來。

帝江早從另一邊攙扶住他，低聲笑道：「你是個好人，我們不會爲難你的，你叫作什麼名字？」

那宦官乖乖俯首聽命：「我……叫何喜。」

「官居何職？」

「內侍省押班。」

「原來是何押班，幸會幸會。」武羅又問。「押班有多大？」

「內侍最小的就是穿你們這種服色的小黃門，再上去是內侍黃門，再上去就是押班，上面還有副都知、都知、都都知……」

「你別一直嘟嘟嘟的。」帝江笑道。「逗得我想跳舞。」

忽聞前方道旁有人大喊：「冤枉——啊！皇上！冤枉——啊！」

竟有人敢攔駕喊冤？

一隊侍衛親軍即刻衝出，把那喊冤之人抓住，兜頭就是一頓痛揍。

武羅眼尖，看出那喊冤之人是曾經有過一面之緣的莫奈何！

原來莫奈何等人從天下第一莊出來之後，姜無際帶著霍鳴玉去尋找《山海經》裡記載的「檮果」，莫奈何獨自一人無計可施、東思西惴，竟想出了快馬加鞭前來攔駕喊冤的怪招。

宋代允許百姓攔駕喊冤，但要經過一定的程序，莫奈何如此亂來可是大罪，重則棒殺，輕則流放三千里。

武羅道：「那個莫奈何是刑天子孫的好友，三月間在崑崙山除妖，他也出了不少力，這個忙不能不幫。」

武羅、帝江押著何喜趕將過去，莫奈何已被拖到侍衛親軍的一個名喚徐柑的都指揮使面前。

「你經過登聞鼓院、登聞檢院、理檢院了嗎？」

莫奈何哪知這許多？傻笑搖頭道：「我曾經路過妓院，但沒進去。」

徐柑大怒：「大膽刁民，先打三十軍棍再說。」

這三十軍棍打下去，金剛羅漢都打爛了！

武羅忙叫：「且慢，官家有旨，要召見喊冤之人。」一邊說，一邊把何喜推到前面。

徐柑看見何喜的服色，便知他乃是皇帝身邊的人，當然深信不疑，朝莫奈何揮了揮手道：「便宜你了，下回休得如此。快滾吧。」

世上最快樂的一群人

時已近暮，鑾駕駐蹕於滎陽城外的行宮。

武羅、帝江仍押著何喜，並將莫奈何也帶入了內侍們住宿的房中，窩在一個角落裡竊竊私語。

「你到底想幹什麼？」武羅問莫奈何。

「這……」莫奈何不知武羅、帝江的來路，只當他們是尋常的內侍，當然不會說出蚩尤什麼的妖怪之語。「我有緊急的事情，想要面奏皇上。」

何喜唉道：「胡鬧！官家豈是輕易可以見到的？你這小子眞不知死活，若非他們逼著我救你，你早就被打成肉餅了。」

武羅瞪眼道：「你是官家身邊的人，帶他進去不就結了？」

何喜道：「哪有這麼簡單？咱們內侍分成『內侍省』與『入內內侍省』，能近官家身邊的是『入內內侍省』，有供奉官兩百八十人，早都排好了輪值。今晚不是我，明晚也沒有我，要到後天駐蹕在洛陽白馬寺的那天晚上才輪得到我。」

莫奈何一楞：「後天晚上？那不就是拳鬥大會的前一晚了？那怎麼行？我有緊急情況要報告！」

「再緊急，也得等機會。」

另一些小黃門見他們一逕說著悄悄話，都擠了過來。「有什麼好玩的，快說給我們聽聽。」

一名小黃門牽起莫奈何的手：「你這道士好不曉事，我剛才替你捏了把冷汗呢。」

武羅摳著手臂上的雞皮疙瘩：「你們這些沒卵蛋的傢伙，說話一定要這麼細聲細氣的嗎？好不膩人！」

小黃門都楞了一下。「難道你有卵蛋？」

帝江眼見就要穿幫，忙道：「沒變聲的男音唱起歌來最好聽，來來來，我教你們唱首歌兒。」自己先就開聲高唱，邊還跳著舞。「城門城門幾丈高，三十六丈高。騎白馬，帶把刀……」

小黃門都很高興的跟著他又唱又跳。

武羅見他們歡樂的模樣，有點不可思議：「莫非你們都沒什麼煩惱？」

何喜怪道：「咱們有吃有喝，睡得又好，又有夢可做，煩惱個啥？」

「你們看見官家跟嬪妃在做那件事的時候，不會衝動嗎？」

何喜嗤笑一聲：「那不就是兩隻青蛙疊在一起，滑稽得緊！」

武羅點點頭：「也是。因爲你們沒有雄性激素睪酮。」

何喜皺眉：「什麼雄性激什麼？那是什麼東西？」

「你們沒有性壓抑，沒有一般人的慾望，當眞是世界上最快樂的一群人。」

「是嗎？」何喜傻笑。

「我猜你們一定不常打架、吵架。」

「我也不知道爲什麼，咱們的脾氣都特別好，反而是那些宮女經常打到不可開交！」

聽著如此摸不著頭腦的話語，莫奈何搔了搔脖子，笑道：「我有時候會很衝動，那話兒一直挺著，不會軟，活像有什麼東西想要衝出來，很難過的哩。」

何喜說得斬釘截鐵：「那就跟我們一樣，割掉算了嘛。」

此話一出，惹得葫蘆裡的櫻桃妖暴跳如雷：「這個死內侍，胡說什麼？看我掐死他！」

何喜又悄聲道：「兩個多月前，新進宮一個『才人』，名喚沈冰心，小名白菜、是太宗朝宰相沈倫的孫女。官家愛死她了，因爲她的身子就跟白菜一樣雪白雪白！」何喜的聲音更低了。「要不要我帶你們去偷看她洗澡？」

武羅笑道：「我們神……我對這個沒興趣。」

何喜納悶：「你也跟我們一樣？」扭頭問莫奈何：「你呢？」

莫奈何抓耳撓腮，心癢癢的拿不定主意。

櫻桃妖又忖：「再這樣下去，莫奈何這個百分之百的處男就破瓜了，我這些日子下的苦功也都白費了。」

當下就在葫蘆裡大罵：「兀！你那閹人，別帶壞我家相公！」

何喜嚇了一大跳：「小兄弟，你的葫蘆怎麼會說話？」

莫奈何趕忙走到外面，埋怨道：「妳別壞了這件大事。」

櫻桃妖怒道：「那些內侍都不是好東西，以後少跟他們混在一起。」

「我看他們都挺好相與的。」

「你給我提防著點。」櫻桃妖沒好氣。「我嗅著這行宮裡有妖味！」

其實她是爲了嚇唬莫奈何而胡說八道。鑾駕出巡隊伍將近兩萬人，都住在這附近，她如何能嗅得出妖味？

莫奈何當上了眞，追問：「妖怪躲在哪裡？」

櫻桃妖繼續胡謅：「就是從皇帝的寢宮那邊傳來的。」

「莫非就是那個什麼小白菜？」莫奈何跌足。「唉，內有妖姬，外有妖賊，皇上可危險了！」

「是啊，危險囉。」櫻桃妖打起了呵欠。

莫奈何心憂喃喃：「不知姜無際那邊進行得怎麼樣了？」

孤豬淚

出了天下第一莊之後，姜無際就找了本《山海經》坐在晃動的馬車上埋頭苦讀。

「中曲之山……中曲之山……記載在哪裡呀？」

「你看得懂字兒嗎？」駕著馬車的霍鳴玉出言譏刺。

「不瞞妳說，已經好幾年沒翻過書本了。」

此時天色已暗，霍鳴玉把馬車停在一座山神廟前，搬下一袋從雙賢莊廚房裡搜刮來的糧食。

「小豬，餓不餓？」

「還是姐姐體貼。」山膏居然改口叫起姐姐來了！還朝著姜無際揚鼻子、吐舌頭。「不像某些混蛋王八蛋，從來不管我的死活。」

霍鳴玉升起營火，烤得白薯香噴噴：「小豬，吃晚飯囉。」

「姐姐眞好！」山膏高興的跑過來，嚼得滿天價響。

霍鳴玉撫摸著牠的背：「山膏，雖然你多數時候都很可惡，但有時候還是滿可愛的。

你爲什麼嘴巴這麼壞？」

山膏萬分委屈的哭著：「我從小就得不到家庭溫暖，我那個死鬼老爸……」

霍鳴玉輕輕敲了牠一下：「不准這樣說你爸爸。」

山膏唔吸：「好嘛好嘛，還有我那個死鬼媽媽……」

霍鳴玉又想敲牠。

山膏笑道：「其實，我喜歡妳敲我，好舒服。」

「死小豬！」

連續疲累了幾天的霍鳴玉躺下想睡，山膏乖巧的偎入她懷中：「老大一定嫉妒死我了！」

霍鳴玉望著兀自坐在營火前用功的姜無際，悄聲笑道：「你老大終於有點認眞的樣子出來了。」

山膏信口便道：「唉，他那個爛東西……」旋即改口：「爲了妳，他一定會拚命的。」

霍鳴玉羞惱的掐了牠一把：「你又胡說！」

「我告訴妳一個祕密。我先問妳，妳三年前在街上遇見過他嗎？」

一句話正中霍鳴玉的心坎深處：「你，爲什麼這樣問？」

山膏露出可惡的賊笑：「他說他來到洛陽的第一天，就在街上看見了一個姑娘，使得他神魂顛倒，他之所以會留在洛陽不走，就是爲了這個姑娘。」

霍鳴玉按捺住胸中激動，假作冷漠的背轉過身：「那姑娘可眞倒楣！」

夢中爛人

霍鳴玉度過一個充滿了雜亂夢境的夜晚。

三年來，她經常夢見那讓她心悸的人兒，那本只是條模糊的身影，卻如此的俊逸脫俗、如此的瀟灑迷人。

幾天前，她終於和這夢中的人兒有了眞實的接觸，發現他竟如此的無賴不堪、如此的下流污穢！

幻夢破滅，是她這幾天煩躁鬱悶的主要原因之一。

然而，剛才山膏的一席話，又讓她墮入矛盾的心境之中。

他，眞的這般癡情？

但是，他整天只想幹那件事兒！

這是個什麼樣的男人？

誰能與他廝守終身呢？

又遇煞星

霍鳴玉迷亂的醒來時，天邊已現曙光。姜無際仰躺在營火餘燼旁熟睡，書本蓋在他的臉上。

霍鳴玉搖了他幾下：「喂，還不上路嗎？」

「上路？」姜無際還沒睡醒，茫茫然。「去哪裡？」

「我們不是要去中曲之山找櫰果嗎？」

姜無際很想振作精神，卻難掩一臉頹喪：「我在書裡找到中曲之山了，它遠在西北天外，來回一趟，我看至少需要一年。」

霍鳴玉呆住。

驟聞一個尖銳帶笑的聲音道：「還是我送你們去閻王殿比較快！」

緊接著，幾十名穿著破爛的年輕漢子從廟後的樹林中走了出來，爲首者正是出林狼。

「又是你這毛賊，」山膏怒罵。「還沒被打夠嗎？」

「休說大話。」

出林狼與手下的山賊一湧而上。

霍鳴玉雙拳齊出，打得當先兩人額角爆裂。

「好狠的娘兒們！」

出林狼有過跟她交手的經驗，深知不能硬打硬碰，大叫一聲：「困虎！」

這是他們之間的暗號。群狼出擊時，如若碰到比他們強壯得多的大型動物，決不強攻，而會採取分進合圍的戰術，就是先形成一個鬆散的包圍圈，面對敵人的負責引誘對方出擊，在敵人後方的就伺機而動。

霍鳴玉從小受到父親調教，形意門也自創「三節八要大陣」，哪會不懂得這些關節？她假裝受不了當面敵人的挑釁，猛衝向前，其實腰腿已蓄滿了轉身的力量，專等背後的敵人撲來，猛一旋身，兩拳一腳又打翻了三名山賊。

「點子扎手！」

山賊們又嚷又跳，霍鳴玉又突然改採正面攻勢，錐子似的插入敵陣正面，打得山賊們東歪西倒。

姜無際竟似沒看見這陣拚鬥，慢吞吞的走到馬車邊，開始牽馬上套。

三名山賊衝過來想要阻止他。

姜無際雖然一直站著不動，腰部以上的動作卻很快，山賊不但砍不到他，他還能在對方攻擊的縫隙中完成把馬套上馬車的工作，並且常把這個山賊的武器奪下，交到另一個山賊的手裡。

三名山賊被他攪得頭暈腦脹。

姜無際抱著山膏坐上駕駛座，催動馬車，衝開山賊的包圍圈：「別跟他們攪和啦。」

霍鳴玉翻身上車，馬車絕塵而去。

霍鳴玉道：「你動作挺快的，是休眠期快要過了嗎？」

「還早咧。」姜無際大搖其頭。「我是腳需要休息，手還管用。」

山膏找補著：「還有一個部位也管用。」

馬車飛奔直前，來到一處山腳下，禁不住路面顛簸，終於馬倒車翻。

霍鳴玉忙扶著姜無際爬上山坡。

天上掉下來的大木瓜

山頂上有個不小的山洞，正好藏身。

姜無際坐倒喘息：「照這樣下去，我這一回的休眠期永遠都過不完了。」

霍鳴玉道：「你若休息得不夠，會怎麼樣？」

姜無際苦笑：「休息得不夠？那就要跟傳說故事中的夸父一樣，累死了！」

洞外傳來一聲響，霍鳴玉警覺跳起，卻見一顆紅色的大木瓜滾了進來。

山膏跑到洞外，仰頭一看：「是從山上滾下來的。」

姜無際撿起那果子細看：「《山海經》中記載：圓葉赤實，大如木瓜，名曰櫰木，食之多力……難道這就是我們要找的東西？」

霍鳴玉接過果子，想了想，剖開果實就吃。

姜無際驚叫：「喂！妳不怕有毒嗎？」

「事態已如此緊迫，只有死馬當成活馬醫了。」霍鳴玉不管三七二十一的大口吃著果子。

姜無際與山膏爬到山頂上，發現這裡都是櫰木，果子結滿樹梢，已經成熟的掉得滿地都是。

山膏笑道：「原來這裡就是中曲之山？」

姜無際道：「當然不是。植物都會自然繁衍，幾萬年前它或許只生長在西北那邊，但經過各種人爲、天然的因素，慢慢的就延伸到這裡來。」

山膏用鼻子把一顆掉在地下的果子拱下山去，姜無際也從樹上拔了幾顆往下丟，一面大叫：「霍姑娘，妳還好吧？」

霍鳴玉像個餓不擇食的餓鬼，連皮都不剝了，整顆就往嘴裡塞。

這瓜沒啥味道，既不甜又不酸，只有一股淡淡的清香味，吃進嘴裡很快的就融化了，胃裡感覺不出什麼負擔。

山上又傳下姜無際的喊聲：「還要吃嗎？還要多少？」

霍鳴玉唔呶道：「挺好吃的……再多弄一些來……」
姜無際、山膏起勁的摘取了幾十顆果子，下山進入洞內，立馬嚇了一大跳。
霍鳴玉的肚子脹大得像一個懷胎十月的婦女！

深入大內的黑手

儘管昨天鬧了個烏煙瘴氣，但沒影響俞破至的心情，仍和烏有道長品著佳茗，聊得愉快，耿天尊等七殺門的師徒只能坐得遠遠的相陪。
耿天尊悄聲詢問眾弟子：「馬首呢？怎麼這兩天都沒看見他？」
西門四悄聲道：「烏有道長派他去出一件重要的任務，我們都沒敢問。」
耿天尊大爲不滿。「馬首這傢伙，是誰的徒弟啊？連招呼都不跟我打一聲。」
烏有道長好似聽見了，朝他們這邊望了一眼，耿天尊一縮肩膀，閉嘴不迭。
俞破至笑道：「道長的七殺拳架式練得怎麼樣了？」
烏有哼了一聲：「不過就是套粗淺的拳術，我用膝蓋學也學會了。後天上了臺，只是做個樣子，讓大家以爲我是七殺門的。眞正對打，還得靠我的頭槌。」
俞破至望向耿天尊：「各路高手應該到齊了吧？」
耿天尊諂笑道：「該來的都來了。」

「道長要特別注意誰嗎？」

「除了形意門，還是形意門。」

俞猍至不無譏笑之意：「形意門就只剩下了那個女娃兒。管什麼用？」

耿天尊點頭道：「是啊，女子的力氣到底不行，不會是道長對手。」

烏有道長喃喃自語：「總是要有備而無患。」

耿天尊又巴結著說：「昨日百姓前來鬧事，還好俞公子處置得宜，事情才沒鬧大，那些刺殺皇上的傳言，應該不會傳出去吧？」

烏有道長哼道：「這可不一定，大宋朝的百姓跟往昔不管哪個朝代的百姓都不一樣，話可多了！識字的人數又遠遠超過從前，他們還發行什麼『小報』，動不動就流言滿天飛。」

耿天尊唉道：「這也是，歷朝歷代，就數大宋朝最自由。」

俞猍至輕鬆的喝了口茶：「大家寬心。我早已在皇帝身邊安插了眼線，事情若有變，我第一個知道。」

七殺門人心中都自一驚。「這第五公子的黑手竟然已經伸到了深宮之中，當眞是本領通天了。」

俞猍至和烏有道長又開心的聊了起來，但明眼人仍看得出他倆的心頭上都罩著一塊烏雲。

原因很簡單——姜無際逃走了。

這傢伙還會做什麼怪？

可連怪物都猜不出來！

吃撐的後果

霍鳴玉面前堆著比人還高的櫰果，她還在拚命不停的吃。

山膏搖頭驚嘆：「眞是大胃王啊！」

姜無際則擔心不已：「吃夠了吧？不要再吃了吧？」

霍鳴玉打著嗝兒：「我還行。我覺得……好像有點用……」

「眞的嗎？力氣有變大嗎？」

「我試試看。」

霍鳴玉挺著大肚子站起身來，想要運勁出拳，但馬上就暈倒在地。

姜無際、山膏大驚失色。

師門殘破

趙鷹疲累不堪的回到形意門總部，所有的弟子仍在客房中昏睡。

煩惱著走上廣場，正見厲鋒拖著步子從大廳內走出。

「二師弟，你也受傷了？這兩天你都去了哪裡？」

厲鋒反問：「你都去了哪裡？」

趙鷹重嘆：「別提了，沒人幫得上忙。」

厲鋒切齒：「七殺門跟那個怪物到底想幹什麼？」

「小師妹呢？」

厲鋒黯然搖頭、趙鷹頹喪坐倒，兩人只有愁眉相對的分兒。

過了半晌，趙鷹才道：「離拳鬥大會只剩明天一天，我們該怎麼辦？」

「聽那怪物的口氣，他要代表七殺門參加大會，如果眞是這樣，我們上去也沒用。」

「難道我們就眼睜睜的把師父四年前辛苦贏來的冠軍拱手送人？」

厲鋒冷笑幾聲：「大師兄，我不跟你爭了。如果你想送死，儘管去，我可不幹這種蠢事。」

厲鋒走回屋裡，趙鷹既氣憤又無奈。

愛情的觀念

山洞外透入曙光。

霍鳴玉悠悠醒轉，只見姜無際在旁照顧著自己，滿臉憂心。

「我怎麼了？現在是什麼時候？」

姜無際柔聲道：「妳昏迷了大半天。」

山膏找補：「老大衣不解帶的照顧妳呢。」

霍鳴玉驟然一驚，用力甩了姜無際一耳光。

姜無際楞住：「又怎麼啦？」

霍鳴玉抱著胸口：「你有沒有……有沒有乘機……」

姜無際苦笑：「唉，妳肚子大成這樣，怎麼可能？」

霍鳴玉這才放下心，抱歉的望了姜無際一眼。

「妳也太敏感了。」山膏笑道。「妳老是這樣，有男人敢愛妳嗎？」

霍鳴玉重哼一聲：「你懂什麼愛情？愛情應該要悠遠綿長，生死與共，而不是貪圖一時的歡愉和刺激。」

「是嗎？應該像乾柴烈火，一拍即合，才對吧？」姜無際顯然有所困惑。

霍鳴玉怒罵：「你有男人所有的一切的劣根性！」

姜無際猛搔頭皮，不知是有所醒悟，還是覺得她滿嘴廢話？

山膏追問：「喂，她到底是不是你三年前看到的那一個？」

姜無際、霍鳴玉齊聲喝斥：「閉嘴！」

霍鳴玉掙扎起身，往洞外就走。

姜無際忙道：「今天是最後一天，妳的力氣完全沒有增加，還要回去參加拳鬥大會嗎？」

「不管怎麼樣，還是得趕回去。」

「唉……」

姜無際只得扶著挺了個碩大肚子的霍鳴玉走往山下。

關關難過

「這座山只有一條路，你們遲早要從這裡下來的。」

出林狼與眾山賊悠哉的坐在山腳下等待了一整晚，還喝了不少酒。

出林狼指著霍鳴玉大笑：「姜老兄，你眞有辦法，只一天就把她的肚子搞大了。」

「惡賊！」

氣極的霍鳴玉想要攻擊對方，但現在的她就像身上綁了個一千斤重的大布袋，才往前踏了一步，就笨拙的撲倒在地。

「唉，孕婦要保重身體啊。」

山賊們一湧而上，把毫無反抗能力的姜無際、霍鳴玉雙雙抓住。

山膏大叫：「不准碰我姐姐！」

衝過去把一名山賊撞倒，還想繼續拚命，卻被另一名山賊一把提起：「這個小傢伙好肥！」

出林狼走到霍鳴玉身前，上上下下的直瞅。

「你想幹什麼？」霍鳴玉被那狼也似的小眼睛一盯，只覺渾身發麻、背脊冰涼。

出林狼觀察了好一陣子，突地伸出手指往霍鳴玉胸前戳去。

任憑姜無際再怎麼神通廣大，此刻也全然束手無策，只能怒吼道：「你別碰她，有怨有仇都衝著我來。」

出林狼根本不理他，一指戳在霍鳴玉雙乳之間的「巨闕穴」上。

霍鳴玉想要破口大罵，但胸口氣血翻湧，根本罵不出聲。

出林狼笑道：「我從來沒點過女人的穴道。我一直懷疑女人的任、督二脈跟男人不一樣，可得好好研究一下。」

他竟把霍鳴玉當成了活體實驗品！

出林狼喃喃自語了半晌，又把注意力放到霍鳴玉的小腹之上，從水分、神闕、陰交、氣海、石門……一個一個的穴道往下戳。

霍鳴玉只覺體內許多氣流滾來滾去、血流時快時慢，原本堆積在胃裡的櫰果碎屑受到擾動，宛如變成了一根根尖刺，猛扎著胃壁、硬擠著血管，狠勁向外擴散，使得霍鳴玉痛不欲生。

出林狼的手指仍一逕往下戳，再往下可就到了「會陰」私處！

霍鳴玉急怒攻心，終於從胸腔裡迸出一聲暴喝，又暈了過去。

裸體女巨人

當她再度醒來時，發現自己和姜無際都被綁在大樹上，她的大肚子突挺在繩索之間，顯得很可笑。

賊窩外生起了一團火。山賊們把山膏四馬攢蹄的綑了，掛在一根粗樹枝上，正要放到火上去烤。

山膏哭道：「我還小，沒什麼肉。我只是一隻小豬，把我養肥了再吃，不行嗎？」

山賊笑道：「小乳豬才好吃。」

山膏變臉亂罵：「你們他娘的吃了統統拉肚子，拉死你們這些混帳王八蛋！」

霍鳴玉覺得胸腔裡順暢多了，開口說道：「把牠放下來，你們要我怎麼樣都可以。」

山賊們笑道：「唉呀，妳應該已經知道了，我們老大對女人沒什麼興趣。」

姜無際急道：「各位大哥，有話好商量，我家裡有些錢，可以統統都給你們。」

「好啊！不過，先吃飽了再說。」

山賊們把樹枝架在火上，開始烤乳豬，山膏被烤得哇哇叫。

霍鳴玉怒火塡膺，整個身體裡面的氣血又開始翻湧，滿塞在肚腹中的一團團東西推擠、碰撞、膨脹、爆裂，沿著四肢百骸、奇經八脈，一直衝往胸腔、頭顱。

原來櫰果的作用雖然能夠增強體力，但霍鳴玉吃得太急太猛，大量的櫰果堆積在胃裡，反倒發揮不了作用，而出林狼的那一陣亂戳亂點，卻把堵住的經脈打通了，櫰果的效力有如海浪奔騰，湧至霍鳴玉體內的每一個器官、最深沉的角落。

姜無際聽得旁邊發出陣陣異響，扭頭一望，霍鳴玉全身肌肉塊塊墳起，愈脹愈大，身高也在不停的加長，轉眼已超過了一丈！

「霍姑娘，妳……」

霍鳴玉自己也被嚇壞了：「這……這是怎麼搞的？」

接著又聽到布帛撕裂之聲，原來她的衣服經不起身軀一直脹大，全都被撐破了，還好抹胸具有彈性，才不至於變成全裸；綁在身上的繩索更是寸寸斷裂。

山膏雖然身在烤架之上，仍有閒情笑道：「姐姐，妳終於肯脫衣服了。」

出林狼與山賊們這才注意到這異狀，嚇得目瞪口呆，嚷嚷著跑回賊窩去拿兵器。

霍鳴玉體內的櫰果效應此時已全部發作完畢，身體變得比平常高大了三倍以上，掌如蒲扇、臂似巨木、拳若鐵缸、腿賽大象，只一腳踏熄火堆，先救下了山膏。

「小豬，沒被烤焦吧？」

山膏感激又興奮的跳到霍鳴玉懷裡，眼中含淚：「妳剛才說，爲了救我，要妳怎麼樣都可以，是眞的嗎？」

霍鳴玉支吾：「那……那只是一個說法……」

山膏把頭埋進霍鳴玉的肚子，連連抽泣：「我還是很感動啊！」

「殺怪物！」出林狼與山賊們已手持各種武器衝了過來。

霍鳴玉把山膏放在地下，喝聲：「惡賊，納命來！」

她的聲音仍和平常一樣清脆，但此刻經過巨鼎般的胸腔共鳴，隨便一句話說出口，就震得眾人耳鼓欲裂、群山響應。

衝在最前面的兩名山賊被這一陣音波撞入耳中，當下腦漿澎湃、腦血洶湧，從眼睛裡噴了出來！

霍鳴玉現在的身高已不適合出拳，也毋須出拳，隨便一腳踢出，那個比牛肉麵店的揉麵板還大上兩倍的腳板，一踹又是兩個，俱皆胸骨全碎。

其餘山賊見這勢頭，哪還有心戀戰？發一聲喊，全都溜了。

出林狼也想逃，被霍鳴玉輕鬆趕上，一把抓住他後頸。

「多謝你亂戳我的穴道，反而讓我的經脈流通了。」

出林狼強笑：「姑娘，不，大大的姑娘，不必言謝，這是在下應該做的。」

霍鳴玉瞪眼：「我現在也要做我應該做的。」

一隻手拎貓似的拎著出林狼，有若頑童摔沙包，左左右右一連摔了幾十下，眼見變成了一團碎肉屑。

姜無際瞠目結舌：「這……也太可怕了吧？」

霍鳴玉笑道：「看你以後還敢惹我不？」扯斷綁住姜無際的繩子，將他扛在肩上，大步跑走。

這是什麼日子？

邙山山腳下的農夫永遠忘不了這一天。

他們跟往常一樣的耕作著，天上的太陽如同往常，吹來的微風如同往常，呼吸的空氣也如同往常，明明就是跟往常一樣很平常的一天。

但是……

接下來看見的這幅景象為什麼這麼超現實？

他們看見一個衣不蔽體的女巨人，肩上扛著一名年輕男子，懷裡抱著一條紅色小豬，在鄉間小路上如飛奔跑。

他們揉了好幾次眼睛，直到那個女巨人消失在地平線上。

「嘖！莫非是昨夜沒睡好？」

他們繼續耕作，好似什麼事情都沒發生過一樣。

為什麼不一件一件的脫？

霍鳴玉來到形意門總部大門外，放下姜無際，吁出一口氣，身體又變回了原樣。

姜無際望著她渾身披著些碎布條：「我老是叫妳一件一件的脫，現在卻搞成這樣，能看嗎？」

霍鳴玉這才發現自己的尷尬模樣，想刷姜無際耳光，又要忙著遮掩自己的重要部位，當下一陣手忙腳亂。

姜無際脫下自己的外衣，幫她披上。

霍鳴玉嬌嗔：「小心你的眼珠子！」

山膏笑道：「都已經看光了啊。」

「你，死小豬！」

女人最想吃的東西

趙鷹、厲鋒聽完整件事情的來龍去脈，都驚駭萬分：「所以明天一定要打敗那怪物，才能確保皇上安全？」

趙鷹擔憂：「以妳現在這種狀況，有把握嗎？」

霍鳴玉一咬牙：「沒二話，拚了！」

厲鋒道：「那妳快去休息。」

趙鷹轉了轉念：「妳這幾天應該都沒吃好，要不要吃些喜歡的東西？」

霍鳴玉欣喜的「啊」了一聲：「在山洞裡的時候，滿腦子都想著櫻桃煎跟獅子糖。」

「櫻桃煎在城東，我去。」厲鋒站起就走。

「我去城西買獅子糖。」趙鷹也快步出門。

兩人離去後，霍鳴玉這才發現姜無際不見了，忙問山膏：「你老大呢？」

山膏把嘴往旁邊一呶，原來姜無際早已躺在地下睡著了。

「唉，這幾天他根本沒休息。」霍鳴玉將他輕輕抱起，走向後面。

山膏嚷嚷：「嘿！新娘抱新郎入洞房，終於要上床了。」

「閉嘴啦，我是讓他睡我爹的床。」

火星人創建的朝代

趙恆的鑾駕駐蹕於白馬寺。

今晚輪到何喜的班，他仍被武羅、帝江押著，連同莫奈何一起走向皇帝寢宮。

「你們別是想對官家不利吧？」何喜哭喪著臉。

武羅笑道：「你沒聽這個小莫兄弟說嗎？他有緊急要事上稟，我們只是湊熱鬧的。」

一行人走到寢宮外，聽得裡面傳出交談之聲。

「官家召見了誰？」何喜低問守在外面的小黃門。

「是宗玄大師。」

這賀蘭棲眞今年已經一百一十二歲，是「王屋派」的掌門人，皇帝趙恆經常召見他，賜號「宗玄大師」。

「官家正在忙，我們等下再進去。」何喜想乘機推脫。

武羅的手在他腰間一捏，痛得他如墮地獄，只得帶著他們悄悄進入殿內，站在角落暗影處。

莫奈何見那賀蘭棲眞紅面銀髯，精神矍鑠，身子骨仍硬朗得很。

趙恆今年四十二歲，登基爲帝已有十二年，身材圓滾滾，長得一副好好先生的樣子，顯然對賀蘭棲眞十分尊敬。

「大師對於本朝的優劣，知之甚詳，今晚欲再請教一二。」

「大宋的優點不用老漢多說，太祖對待開國功臣仁至義盡，杯酒釋兵權，令大家都得善終，這已是千古未見之事，又詔令繼位者不得殺害文人士子與上書諫議之人，更開千古未有之先河。外無藩王、軍閥之割據，內無外戚、宦官之干政；長幼分明，皇儲無繼位之亂，三權分立，奸臣無措手之處，使得本朝政治清明，遠邁前代。」

武羅心想：「這老頭兒雖有拍馬屁之嫌，倒也多半都是事實。」

帝江悄聲道：「我聽說，那開國皇帝趙匡胤是從火星來的，不知是眞是假？」

武羅嗐道：「但跟人類交配之後，也是一代不如一代。」

賀蘭棲眞繼續說道：「然而，優點與缺點往往是相對的。本朝實行募兵之制，更戍之法，軍區指揮官每三年輪調一次，將不得專兵，此舉雖令軍權不至旁落，但權歸中央，邊防便弱，難以應付大遼等強鄰窺伺。」

趙恆嘆了口氣道：「朝中大臣總是嚷嚷著要收復燕雲十六州，重振漢唐盛世。」

「這又是顧此失彼之一例。世人只知漢、唐盛世，卻不知漢、唐爲了維護廣闊的幅員，後來都遭受嚴重的財政問題而導致國力衰疲；本朝不須勉強維持荒寒廣袤的邊疆，反而使得自身更爲繁榮。」賀蘭棲眞又找補了句：「小一點，好管理。」

趙恆動容：「依眞人這麼說，本朝不須開疆拓土？」

賀蘭棲眞仍只淡淡一笑：「量力而爲。」

趙恆想了想，又道：「大臣們又說，朝中冗員太多，各種差遣官、職事官疊床架屋。關於這一點，大師有何見教？」

賀蘭棲眞笑道：「恕老漢直言，以目前的狀況來看，其實是官員太少。」

趙恆聽得一楞。

「現在的大城市跟漢、唐時期大不相同。單以首都爲例，漢、唐時的長安城內住的泰半是皇族、官員與禁衛軍的家屬，如今的開封則是以百姓市民爲主。這個超過一百三十多萬百姓的城市要如何治理？若果還是沿用以往的中央六部與地方衙門的六科來管理，顯然不足。」

「沒錯！」躲在暗處的莫奈何忍不住嚷嚷：「雖有街使、邏司，但大街上還是天天堵車、堵轎，堵得大家都走不動。」

趙恆被這突如其來的發話又弄得一怔，但並未發怒，只是緩緩望向角落：「何喜，那是什麼人？」

何喜渾身發抖的趨前：「就是前日在路邊攔駕喊冤的那個冒失鬼。」

「叫他上前來。」

莫奈何不知厲害，嘻皮笑臉的就走到了皇帝面前。

趙恆笑問：「你喊冤，就是因爲堵轎堵得你走不動？」

莫奈何坐慣了飛車，想到啥就說啥：「從天上看開封或洛陽這種大城，大家在路上亂擠一通，五、六個人、三、四輛車都往同一個方向並排而行，對面來的也是一樣，所以不堵才怪。如果規定大家都靠右走，不就可以互相錯開了嗎？」

趙恆從來沒想過這碼子事兒，不由錯愕。

賀蘭棲眞則是撫掌大笑：「小道長可眞高明。」

這一老一少，一個擁有時間的縱深，一個擁有空間的高度，倒是頗能契合。

趙恆回過神來，怪問：「你剛才說，從天空上看，難道你是神仙？」

莫奈何這才想到正題，忙道：「我當然不是神仙，不過倒有個妖怪想要刺殺聖上！」

趙恆失笑：「何方來的妖怪？」

莫奈何便把蚩尤想要趁拳鬥大會突襲的事情說了一遍。

賀蘭棲眞乾咳道：「小道長這話未免太離奇了。」

莫奈何還想再說，忽聞一個嬌滴滴的聲音從寢宮外傳了進來：「對嘛，怎麼可能有這種事情呢？」

人隨聲入，只見此女面如芙蓉，明眸皓齒，有著少女的嬌豔、妓女的嫵媚與熟女的體態。

何喜阿諛的大聲高叫：「沈才人好！」

原來她就是今年三月才入宮、皇帝的新寵——沈冰心。

官家真好脾氣！

櫻桃妖在莫奈何背上的葫蘆裡打了個哆嗦，急急悄聲道：「小莫，仔細著，這妖怪挺厲害的！」

前天晚上她本是信口胡謅，不料這沈才人果真是個妖怪！

沈冰心輕移蓮步經過莫奈何身邊，睇著妙目把他上下一瞅，莫奈何只覺一根冰錐直戳心底，好不難受。

沈冰心一直走到趙恆身邊，依偎著皇帝坐下，嬌聲道：「官家怎麼會讓這種滿口胡說八道的人進來？」

趙恆笑道：「欸，不差什麼，反正朕也沒相信他。」

沈冰心哼道：「這種危言聳聽的刁民，就該一刀砍了，以資世人儆戒。」

莫奈何嚇了一大跳，暗忖：「這妖怪好歹毒的心腸，我是哪裡犯著她了？」

趙恆依舊雲淡風輕：「毋須如此，聽他說話滿好玩的。他剛才說，城市裡的車輛、行人都應該靠右走，就挺有創見。」

沈冰心哆聲道：「唉喲，官家，自古以來，就沒出過像你脾氣這麼好的皇帝。」

賀蘭棲眞道：「自太祖以降，皆是如此。」

趙恆點頭。「這正是我們趙家的家風。」

沈冰心嬌聲道：「但也不能脾氣好到讓人整天欺負嘛。」

賀蘭棲眞失笑：「天下誰敢如此？」

不知是有心還是無意，沈冰心脫口便道：「怎麼沒有？像那『劉美人』就……」

她此話一出，趙恆的臉色就倏地一沉。

沈冰心知道自己說錯了話，閉嘴不迭。

她所說的「劉美人」就是現今後宮之中相當於皇后的劉娥。

劉娥曾經嫁過人、生過孩子，趙恆後來都心知肚明，卻一直隱忍不言也不責罰，所以沈冰心才會說他好欺負。

四月間，劉娥還曾經偷偷出宮，跑去洛陽私會前夫，趙恆雖仍沒怪罪，心中不免有些疙瘩，這次觀賽便沒帶她前往。

而沈冰心現在又說什麼劉娥總是欺負他，趙恆心裡終究不悅。

沈冰心呢，她表面上裝出自己嘴快說錯話的悔恨表情，其實她根本就是故意激怒趙恆，一次不成再來一次，終有一天會讓趙恆受不了，而對劉娥做出懲處，到那時，就該自己當皇后了！

梅如是獻劍

趙恆一肚子窩囊氣還沒找到地方宣洩，寢宮外的內侍黃門又來稟報：「大名府節度使姚不遂求見。」

「宣他進來。」趙恆轉頭對賀蘭棲眞道。「姚不遂帶了兩件寶貝來，其中一件可是活寶。」

活寶？

宮內眾人都轉目望去，滿面于思、體格魁梧的姚不遂當先走入，後面跟著一名少女。

她一進門，宮中燈火都被壓暗了下去。

何喜驚忖：「沈才人已可算是絕代佳人，但跟此女一比，簡直就是泥塗雲端。」

莫奈何更是心頭猛震，脫口叫道：「梅姑娘？妳怎麼來了？」

原來她正是世上獨一無二的女性鑄劍師，曾經和燕行空、莫奈何等人在崑崙山除妖的梅如是。

莫奈何暗戀她已經到了病入膏肓的程度，此刻乍然相逢，當然狂喜難禁。

櫻桃妖在葫蘆裡恨恨想著：「他的夢中情人怎麼又來攪局？我們走到哪兒，她就跟到哪兒，簡直陰魂不散。」

櫻桃妖想要騙取莫奈何的元陽，梅如是就是最大的阻礙，但梅如是學有專精，一心放在鑄劍之上，對於莫奈何這個渾頭小子一向不太搭理，這也是櫻桃妖至今還能容忍她的主要原因之一。

姚不遂粗人一個，不爽的瞪了莫奈何一眼，上前朝趙恆行完君臣之禮後，奏道：「官家，俺說會鑄劍的就是這個女子。」

趙恆圓瞪著眼睛、微張著嘴，原來看著梅如是已經看呆了。

沈冰心在旁見狀，心知不妙，忙又撒嬌：「官家，時候不早了，明日還要觀賞拳鬥大會，早點歇息吧。」

趙恆仍呆呆的盯著梅如是：「不急不急不急……」

梅如是見他那模樣，心中有氣，上前兩步，從腰間拔出一柄帶鞘的寶劍，把宮內眾人都嚇了一大跳。

梅如是不慌不忙的跪倒，雙手捧著寶劍：「草民梅如是獻劍予君。」

姚不遂忙在旁添補著：「俺本來請此女鑄劍，不料鑄成之後，俺一看，乖乖隆的咚，好一把寶劍哪！俺不敢私藏，所以就帶著她趕來，獻給官家。」

趙恆呆呆的嘆道：「不錯不錯，眞是人間尤物！」

眾人都一怔，沈冰心更咳了一大聲。

趙恆這才驚覺改口：「不不不，朕是說……人間寶物。」

賀蘭棲眞肚內暗笑，解圍道：「梅姑娘，可否借老夫一觀？」

梅如是知他乃是王屋派掌門，武林中的輩分天下第一，聽說他想要相劍，心中大喜，立刻把劍遞上：「小女子技藝不純，只怕污了眞人法眼。」

賀蘭棲眞握劍在手，先連著劍鞘反覆一看，再緩緩領劍出鞘，先只見鞘中溜出一抹赤啖，隨著劍身愈出愈多，一圈梅紅色的芒暈慢慢濡染揮灑開來。

賀蘭棲眞的眼睛時而瞇成一條縫，時而睜得銅鈴大，半晌之後，也沒彈劍、聽劍、試劍，便即還劍入鞘，不發一語。

在這過程中，梅如是一直緊張得要命，既怕貶語，更恐褒詞，不料這一百一十二歲的老頭子竟連一個字兒也不說。

「相劍」乃是一門大學問，不但可以看出鑄劍者的命運，甚至可以看出擁有者的未來。

他到底從這柄劍上看出了什麼？

趙恆追問：「大師有何高見？」

賀蘭棲眞回過神來，搖了搖頭：「命在方外，非老漢所能知曉。」

誰的命在方外？鑄劍者、擁有者，還是劍之本體？

命在方外又有何含意？

這可惹得趙恆好奇，立喚內侍將劍取來，不管三七二十一的拔劍觀賞。

驟聽旁邊發出一聲慘呼，卻是沈冰心。

趙恆慌道：「愛妃怎麼了？」

沈冰心捧著心窩，顫抖著說：「賤妾……心痛……」

櫻桃妖在葫蘆裡哼道：「妖怪就怕寶刀寶劍，這可露相了。」

趙恆匆匆還劍入鞘，想起「命在方外」的相劍之語，似乎不太吉祥，便又喚何喜把劍還給了梅如是。

姚不遂垂頭喪氣，因為這馬屁顯然拍到馬腿上面去了。

賀蘭棲眞伸了伸腰，站起身來：「官家早點休息吧，老漢告辭。」

趙恆忙道：「還沒請教大師，如何能夠長生不老？」

擁有天下，卻擁有不了生命，這是所有帝王最苦惱的問題，趙恆自也不例外，他頗喜佛、道，去年初有一塊黃帛掛在「承天門」門樓頂的鴟尾之上，取下一看，帛上畫著一些奇奇怪怪的圖形，滿朝君臣都認爲是天書，因而改年號爲「大中祥符」，年底還遠赴泰山封禪，求神保佑。

武羅暗裡失望。「原來他是佛道信徒，想要他改信我們的崑崙教恐怕有點困難。」

賀蘭棲眞渾似沒聽見這句問話，仍往外走。

趙恆又忙問：「大師能否告知點化之術？」

賀蘭棲眞不得不回身，垂眉肅目：「帝王以堯舜之道點化天下，可致太平。」

言畢離去，不再回顧。

沈冰心的底細

姚不遂討了個沒趣，帶著梅如是出了寢宮，便不再理她，一個人走了。

莫奈何當然追了出來：「梅姑娘，等等。」

梅如是的情緒正自不佳，勉強止步。

莫奈何涎笑道：「好……好久不見了！」

梅如是睨了他一眼：「五月間我們才一起去了大遼、高麗，何謂好久不見？」

莫奈何沒話找話：「我是說，咳咳，就這麼一點時間，妳又鑄成了一把寶劍，可眞厲害。」

梅如是嘆了口氣：「此劍並不精純……」

「唉，別人的評論休放在心上。那賀蘭老兒未必是什麼行家，就算他是行家，也有他的盲點，未必評論得中肯。」說著如此至理名言，莫奈何搔了搔頭皮，又道：「這柄劍曾經把皇帝嚇了一跳，可以名爲……『驚駕』。」

「驚駕？」梅如是忍不住一笑。「小莫哥，你眞有點天才。」

兩人邊說邊走，來到一處偏僻的樹林之中。

莫奈何繼續悄聲道：「妳別小看這劍的威力，剛才可把那妖怪嚇得嚷嚷，直叫心痛。」

梅如是一楞：「妖怪？你說誰是妖怪？」

莫奈何還沒開口，就覺一陣陰風掃過，沈冰心已出現在兩人面前：「你們兩個好大的膽子，居然敢來攪我的局？」

之前已有了櫻桃妖的警告，莫奈何知她不好惹，忙道：「我們可沒冒犯妳。」

「怎麼沒有？」沈冰心厲喝。「想跟俞公子做對的人，就是跟我做對！」

她居然也是俞啖至的人馬！

原來沈冰心出自名門世家，祖父沈倫曾經當過宋太宗的宰相，但半年多前，俞啖至派了個白菜精夜入沈府，吸走了沈冰心的魂魄，附在她身上，再經由大臣推薦被選入後宮，很快的就得到了趙恆的寵愛，並積極破壞劉娥在宮中的地位。

俞琰至最近幾天又發出了新指令，要她積極配合蚩尤刺殺趙恆的行動——萬一臺前蚩尤無法得手，她就要在臺上進行第二波突襲。

這本是個天衣無縫的計畫，不料莫奈何竟然有辦法跑到御前告狀，還好趙恆不相信，否則豈不壞了大事？

沈冰心又惡毒的瞪向梅如是：「妳今晚前來獻劍，就是要對付我？」

「我哪知道這些？」梅如是失笑。「早知妳在官家身邊做怪，我就多鑄幾柄寶劍來收拾妳。」

「別以爲我眞怕妳那把破銅爛鐵。」沈冰心桀桀怪笑。「今夜，你們兩個都得死！」

沈冰心將身一長，變成了一棵巨大無比的白菜，菜葉如斧刃，菜心如尖戟。

「好一株嚇死人的植物！」莫奈何、梅如是凝神戒備。

可惹惱了葫蘆裡的櫻桃妖。

她剛才聽見莫、梅二人蜜語綿綿，早就老大不爽，現在白菜妖又要殺莫奈何，她怎能袖手旁觀？立從葫蘆裡鑽出，化身成粗壯大娘，厲吼道：「白菜精，休得逞能，老娘在此！」

白菜精冷笑：「櫻桃妖，我還以爲妳躲著不敢見人呢。」

既然櫻桃嗅得到白菜，白菜當然也可以嗅得到櫻桃。

「散葉子的廢料！」櫻桃妖罵人頗有創意。「老娘怕了妳不成？」

白菜精大怒，抖動著渾身菜葉奔上前來。

櫻桃妖舉起罈大拳頭迎面就搗。

櫻桃大戰白菜

卻說武羅、帝江已經見識過了帝王排場，再留下來也是無趣，便放了何喜，信步亂走，恰好來到此處，正見兩個妖精打成一團。

「唉喲，櫻桃打白菜，」帝江笑道。

「兩棵果菜打架，挺悶的。」武羅沒興趣。

兩個妖怪紅白分明，你來我往，一個菜葉狂劈，若被砍到鐵定骨肉分離；一個奮拳直擊，如被打著決然牙掉滿地。

幾百招過後，兩人的果皮葉片都扯爛了，櫻桃妖紅汁亂流，白菜精則露出了雪白的菜心。

莫奈何暗笑：「難怪何喜說她的肌膚白得不得了。」

白菜精有九千年道行，比櫻桃妖的七千年強上一些，久戰之下，櫻桃妖開始節節敗退，左支右絀。

梅如是拔出「鸞駕」寶劍，但因兩妖貼身肉搏，若是魯莽出手，就怕傷著了自己人，只能在旁掠陣。

莫奈何急道：「梅姑娘，妳在這兒顧著，我去取『大夏龍雀』。」

他剛剛去寢宮覲見皇帝，寶刀當然留在了內侍房內。

莫奈何離去後，武羅打了個呵欠道：「我們也該走了。」

帝江尚懷著點好管閒事之心：「蚩尤之事怎處？」

武羅哼道：「那個大宋皇帝信佛奉道，我們幫他做什？」

兩人搖頭擺尾的逕回崑崙山去了。

方外之命

櫻桃妖愈打愈沒力氣，終於被白菜精一片菜葉掃中，果汁噴了一斗多，重傷倒地。

白菜精欺身進步，又一葉砍下。

寒光一閃，鸞駕寶劍出手了！

這劍果然鋒利，劍芒飛處，猶若電殛，碰到的就爆、掃著的便崩，白菜精右邊的菜葉當下就被削掉了七、八片。

嚇得白菜精連退十幾步，直打寒噤。

櫻桃妖毫不領情，罵道：「小賤人，不要妳假好心，妳閃遠點！」

梅如是冷冷道：「妳好歹也跟著我們除了不少妖、打過幾場生死之戰，我不會丟下妳不管。」

櫻桃妖心中一暖，嘴上仍罵道：「誰要妳管？小賤人，假好心，快滾開！」

白菜精見她倆只顧說話，顯然有機可乘，便展開偷襲，和身撲了過來。

另一道燁芒突閃而起，莫奈何已帶著「大夏龍雀」趕回，施展出廟內乩童的刀法，亂砍一通。

這「大夏龍雀」更爲霸道，一刀就是一個雷，砍得白菜精葉片四散，差點連菜心都爛了，只得轉頭逃命，遁入夜空之中。

梅如是擔憂道：「明日皇上觀賽，這妖怪定會在旁攪鬼，我們要怎麼辦？」

莫奈何想了想：「她既然怕我們的刀劍，我們就待在擂臺附近監視，她若敢出手，我們就把她剁了燉湯喝。」

「如此甚好。」

兩人相約明日一早趕去洛陽，梅如是便先行離去。

莫奈何望著她的背影，一臉喜不自勝的模樣。

櫻桃妖又不爽了：「你樂呼什麼？」

「剛才那個賀蘭老頭兒說的話，妳還記得嗎？」

「誰理會他那些屁話？」

「他說『命在方外』，如果指的是梅姑娘，那可不就是說，將來她會嫁給我？因爲我正是方外之人。」

氣得櫻桃妖扒了他後腦一個大巴掌：「你方外？我看你是腦漿跑到外面來了！」

暴風雨前的寧靜

隨著朝陽昇起，萬人企盼的拳鬥大會終於要開場了。

延慶門大街與東大街的交叉路口搭起了四座拳鬥擂臺，擂臺兩旁則搭起了許多小帳棚，各路拳手分門別派的在各棚內休息、等待。

買了票的百姓早就擠滿了觀眾席，沒有票的人們則擠在大街兩旁湊熱鬧。

最中央有座高臺，那是皇上與隨行官員的座位，洛陽知府羅奎政正在座位間忙碌著，專等皇上駕到。

所有報名參賽的拳手分成四組，籤表張貼在各布告欄上。

張小袞很早就來了，研究著籤表。

顯然經過大會的刻意安排，形意門的代表與七殺門的代表都被列爲種子，分在完全不同的兩邊，兩者若能一路過關斬將，直到最後總冠軍賽時才會碰頭。

張小衰把每個參賽者細細看了一遍，多半都是耳熟能詳的各門各派的代表，但其中出現了一個陌生的名字——嚴敬賢。

此人不代表任何門派，屬於個人參賽者，卻完全沒有名氣，他會是誰呢？

過了一會兒，烏有道長與七殺門人踐兮兮的走來了，惹起觀眾一陣竊竊私語：「聽說這回七殺門的代表竟是紫雲觀的觀主烏有老道？那個雜毛還會打拳？老頭兒不要命了？紫雲觀是間沒人去的小廟，難道臥虎藏龍？」

烏有等人走入一座青色的小棚內坐定，那是他們的休息區。

又聽觀眾席上爆起一片掌聲。「形意門要得！今年再拿冠軍！」

張小衰忙一轉頭，就見霍鳴玉、姜無際、趙鷹、厲鋒也來了，走入另一座紫色的小棚內坐下。

姜無際頭上戴著一頂帽子，壓得低低的遮住自己的臉。

耿天尊頗為意外。「耶？他們居然還敢來？」

烏有道長的臉上立時飄過一抹陰狠、不安的神色，心裡嘀咕著：「姜無際這傢伙一出現，定沒好事！」

副捕頭鄭千鈞帶著董霸、薛超四處巡查，從紫色小棚旁邊經過。

薛超正說著：「姜總捕身上還有一件命案未了，我得到密報說，他今天一定會出現在現場……」

董霸朝棚內望了一眼，悄聲道：「咦，那個人好像就是姜……」

鄭千鈞翻臉罵道：「好像什麼生薑？屁話！還不快到那邊去搜！」

董霸還想再說，只聽得大街上人聲鼎沸：「皇上駕到！」

皇帝的鑾駕經過大街，引起騷動。

百姓歡欣鼓舞，熱情高呼；街邊的高樓上也擠滿了士庶往下張望，有人差點被擠得摔下樓來。

他們眞心喜愛這個不擾民、沒架子，寬容大量、不亂耍威權、不亂殺人的好皇帝。

皇輿上，沈冰心依偎著趙恆，呢聲道：「這些亂民眞沒規矩，弄得你官家的威嚴何在？應該抓幾個來打殺了，讓他們曉得厲害。」

趙恆只是一笑：「愛妃何必如此，就讓他們看幾眼，也不差什麼。」

沈冰心哼道：「我說你好欺負，你就是不肯承認。」

趙恆想起她昨夜詆毀劉娥之言，又把臉一沉。

沈冰心假作驚恐，心內則有著詭計得逞的快感。

須臾，鑾駕來到高臺前，羅奎政跪拜迎接。

趙恆下了皇輿，走上高臺，沈冰心與百官隨後。

羅奎政站到臺邊，高聲宣布：「第二屆洛陽拳鬥大會開始！」

開打囉！

四座擂臺上，各路高手捉對廝殺，奇招百出，精彩紛呈。

那邊廂，「威震八荒」孟騰浪抖擻精神，連過數關。

觀眾鼓掌。「還是老將厲害！」

這邊廂，烏有道長一個頭槌把對手撞得飛下臺去。

觀眾喝彩：「好頭槌！」

再上場時，又是一個頭槌把對手撞下臺去。

觀眾開始狐疑：「他不是七殺門的代表嗎？怎麼只會用頭槌？」

最重要的這一邊，霍鳴玉還不須提氣化身，只以正常的體態迎敵，此刻的她氣強力猛，施展起形意拳更是威力難當。

她連過三關，都只用了一拳，看得觀眾咋舌連連。「好兇悍的娘兒們！」

耿天尊等人則面色沉重。「她怎麼變得這麼厲害？這可不妙了！」

比賽採取單淘汰制，所以參賽者雖多，進行得倒挺快，賽前被看好的拳手都能順利晉級，只有一匹黑馬讓大家意外，就是那嚴敬賢。

知情者當然知道「出林狼」嚴敬賢已被霍鳴玉打得粉碎，那麼這個嚴敬賢是誰呢？竟是「洛陽第一名醫」嚴洛王！

嚴洛王一早就來等待，眼見兒子沒出現，心知他已遭不測，這個做父親的雖然不滿兒子的作爲，但爲了要完成兒子的心願，竟挺身而出，頂替兒子參加比賽。

他年輕時跟隨「迷踪拳」高手常鶴松練拳，雖已多年未涉足江湖，但功夫並沒有擱下，他的身法依然快如鬼魅，拳頭總是從意想不到的角度打出來，使得對方根本無從招架。

相較於那些明星拳手，乏人關注的他，就這樣默默的一路打了上去，直到籤表上只剩下四個人的時候，大家才發現這位名醫竟也是個拳術高手！

四強出爐

近午時分，最後四強產生了。

甲、丙組是霍鳴玉對上嚴洛王，乙、丁組則是烏有道長對上「威震八荒」孟騰浪。擂臺只剩下一個，甲、丙組之戰首先進行。

嚴洛王在紅色的小帳棚內準備著，他並不是在準備上臺拚鬥，而是準備離去。

他並沒有想爭總冠軍，替兒子出賽的念頭現在想起來似乎也很可笑。

他正想扔出白毛巾表示棄權，一個小伙子悄悄挨到他身邊：「嚴大伯……」
嚴洛王瞟了他一眼，不似善類，便不想搭理。
「我是狼老大的手下。」
嚴洛王心頭一震，眼望別處：「什麼事？」
「老大他……死得好慘，幾乎變成了一團肉醬！」
嚴洛王垂首沉吟半晌，站起身子就要擲出白毛巾。
「殺死他的人就坐在那兒。」
嚴洛王停住手：「誰？」
「就是你下一場的對手，霍鳴玉！」

父子同歸

當霍鳴玉看見嚴洛王走上擂臺的時候，心中直犯嘀咕，因爲她從未碰過臉色這麼陰沉的對手。

通常拳手在對戰之前，因爲腎上腺素大量分泌的關係，亢奮、緊張、顫抖，都是常見的狀況；只有少數眞正的高手才能保持冷靜。而嚴洛王露出這般神情，可讓人摸不著頭腦。

霍鳴玉雖沒到過他的醫館，但也知道他乃當代名醫，自然有所禮敬，剛一抱拳，還未說話，嚴洛王已兩拳打了過來。

「這人怎地如此莽撞？」霍鳴玉輕輕閃過，還不想出手。

嚴洛王又一連七、八拳，沒頭沒腦的連環攻上。

他練的是迷踪拳，首重捉摸不定的身法，現在他卻捨棄優點不用，只像個莽夫，狂攻亂打。

霍鳴玉閃了又閃、躲了又躲，嚴洛王雖已氣喘如牛，仍接連著猛撲過來。

霍鳴玉隨便使了個掃堂腿，把他掃倒在地，希望他見好就收，但他根本就像是瘋了，爬起又攻。

霍鳴玉暗道：「這樣歪纏下去，何時能了？」見他步法已經不穩，一拳搗向他右肩，只想把他打倒就算了。

不料嚴洛王突然使出了閃電似的身法，把頭一低，竟用整張臉去撞霍鳴玉的拳頭！

霍鳴玉這一拳並未使什麼力，但她現在的拳勁比鐵鎚還重，嚴洛王一頭撞上去，頓即顱骨碎裂、嘎嘎作響。

嚴洛王慘笑出聲：「我教子無方，該死！」倒地氣絕而亡。

霍鳴玉並不知曉他與出林狼的關係，心下淒然之餘，仍是一頭霧水。

中了奸計

第二場準決賽是烏有道長與孟騰浪。

賽前，趙鷹、厲鋒悄悄來到孟騰浪的綠色帳棚，警告他：「那烏有道長是怪物化身，大叔千萬不要上臺。」

孟騰浪把眼一瞪：「不上臺？卻待怎地？」

「棄權，讓小師妹去對付他。」

孟騰浪哈哈大笑：「嗚玉姪女的氣力遠超過我想像，就算我打進總決賽，也不會是她的對手。這一屆的冠軍當然沒我的分兒，但七殺門那些雜碎，我決不放過！」

孟騰浪說完就登上了擂臺，霍鳴玉等人只得乾著急。

烏有道長採取速戰速決的策略，沒等對方站穩，就一個頭槌撞了過去。

孟騰浪已知他只有這一套，哪會讓他輕易得逞，閃過之後，一拳打在他後腦上。

他跟霍鳴玉的父親霍連奇並稱「當世兩大強拳」，勁道之強，舉世罕見，這一拳可打得對方暈頭搭腦。

烏有道長火了，奮起頭槌亂頂亂拱，連撞了十幾下都沒撞著孟騰浪，反又挨了好幾拳，若非他是個怪物，早就被打爛了。

觀眾們都發出噓聲：「七殺門太差了，怎麼派了個小丑出來呢？」

烏有道長已乏了力，再一撞落空之後，便頹然仆倒在臺上，孟騰浪乘虛直進，一拳朝他背心搗下。

不料，烏有道長的腦袋猛然一百八十度的扭轉過來，再一掃，正掃中孟騰浪右腳腳踝。孟騰浪脛骨斷裂，單膝跪倒。

烏有道長怪笑著高高躍起，垂直一頭撞下，把孟騰浪的身體連帶臺板都撞穿了一個大洞！

「孟大叔……」霍鳴玉狂怒攻心，虎地起身，突覺胸口窒悶難當，並引發一陣頭暈目眩，差點跌倒。

姜無際在旁趕緊扶住她：「妳怎麼了？」

「沒事……」

但下一刻，她的視線開始模糊，姜無際的臉變成了兩張：「怎麼會這樣？丹田裡的氣有點提不上來……」

姜無際望狐疑的向青色帳棚。

剛剛獲勝的烏有道長正得意洋洋的走回棚內，並投過來一抹輕蔑、奸狡、詭計得逞的眼光。

姜無際心忖：「莫非又是他在攪鬼？」

山膏的偵探熱情又湧上胸坎：「要不要我過去探探？」

姜無際低聲吩咐：「小心點，他們都認識你。」

山膏點頭離去。

就在這一片混亂中，趙鷹悄悄離開紫色帳棚，厲鋒注意到這一點，不動聲色的跟在他後面。

山膏再當偵探

山膏從大街上繞向青色帳棚。

一名貴婦牽著一條穿著華麗衣服的小狗在街邊觀戰。

山膏不管三七二十一，把小狗的衣服扒了，穿在自己身上，使得那貴婦尖叫連連之後便暈厥在地。

山膏裝成狗，順利的混入了青色帳棚，躲在烏有道長的椅子底下。

只聽耿天尊悄聲道：「道長，難道你一點都不擔心？那妞兒的拳路就不必說了，力氣可大得驚人！」

「看她還能強橫到幾時？」烏有道長輕笑。「我早說過，有備而無患。」

龍二道：「道長已埋下了伏筆？」

「你們以為我派馬首幹什麼去了？」烏有道長悠悠說著。「昨天晚上，那妞兒已被下了毒，八個時辰以後就會毒發！」望望帳外天色。「算一算，現在應該差不多了。」

躲在椅子底下的山膏大驚，回憶起昨夜的情景——

厲鋒帶著一個小包回來：「小師妹，櫻桃煎買回來了。」

霍鳴玉貪嘴的大吃特吃。

過了一會兒，趙鷹也回來了，把獅子糖送到霍鳴玉手裡：「吶，獅子糖。」

霍鳴玉吃得更開心。

山膏慌忙跑離青色帳棚，經過大街，突地，一條大黑狗攔在牠面前。

山膏呸道：「好狗不擋路，滾開啦！」

大黑狗齜牙咧嘴的撲上來，山膏掉頭逃命。

厲鋒跟著趙鷹進入一條小巷，忽然不見了他的蹤影，正自四望搜尋，趙鷹偷偷出現在他背後，一拳打來。

厲鋒險險躲過，兩人戰成一團。

山膏、大黑狗一路追逐進入小巷。

山膏大罵：「你個狗日的，就是不知道我的厲害！」後腿一抬，一泡尿噴向大黑狗。

大黑狗全然不懼，狠狠撲向山膏。

山膏閉眼等死。

驀然間，一根棍子打在大黑狗的背上。

是鄭千鈞。

大黑狗哀鳴而逃。

鄭千鈞哼道：「敢欺負我老大的小豬？」

山膏笑道：「鄭千鈞，謝啦。」掉頭跑離。

鄭千鈞楞住：「嗯？豬會說話？」由不得雙眼翻白，暈倒在地。

山膏正要跑出小巷，正見趙鷹、厲鋒兩人從另一邊打了過來。

厲鋒因爲身上有傷，漸落下風。

山膏望著兩人，拿不定主意，喃喃自語：「哪一個才是馬首扮成的奸細？」

最終決戰

羅奎政走上擂臺：「現在宣布最後總決賽的對手：形意門的霍鳴玉，對上七殺門的烏有道長。」

觀眾鼓掌喝彩。

烏有道長悠悠然走上擂臺。

紫色帳棚內，霍鳴玉也想上臺，可又一陣頭暈，姜無際只得扶著她坐下。

霍鳴玉掙扎著說：「我恐怕不行了……」

「我幫妳按按。」姜無際把她摟入懷中，按摩她的丹田部位。

兩人依偎在一起，霍鳴玉望著姜無際淺笑：「我們這樣，不是很好嗎？」

姜無際淒然：「是……是很好……妳別上去了。」

霍鳴玉強振精神：「不！不能讓奸人得逞！而且，孟大叔之仇不能不報！」

姜無際做出決定：「那，妳先撐著，能閃就閃、能躲就躲，我跑回昨天去看看，能不能救妳？」

霍鳴玉緊蹙眉頭：「你只休息了六天，還能跑嗎？你說回到過去容易，再要回來就難了，如果你跑不回來會怎麼樣？」

姜無際苦笑：「不知道，可能會迷失在時空當中。有人說，夸父當年並沒有死，只是永遠失落在時間的迷宮裡。」

霍鳴玉打了個寒噤：「聽起來好可怕！」

姜無際現出徹底茫然的神氣：「誰也不知道那是個什麼樣的世界……」

霍鳴玉緊緊抱住他：「那你別去了！我不要你回去！」

羅奎政見霍鳴玉遲遲不上臺，不耐催促：「霍鳴玉，到底要不要參加決戰？再不上臺，取消資格！」

霍鳴玉掙開姜無際的懷抱，大步走出帳棚，登上擂臺。

姜無際深深呼吸著。

◡ ● ◖

山膏還在看著相鬥中的趙鷹、厲鋒，猜不出誰才是由馬首假扮。

但小豬也有靈光閃現之時，牠冷不防放聲大叫：「喂，你的人皮面具快要掉下來了！」

厲鋒毫無反應，但趙鷹馬上就摸了頭頂一下。

「好咧！」山膏跑出小巷。

◡ ● ◖

霍鳴玉一上臺就被烏有道長一陣窮轟猛撞。

她體內的毒藥已全然發作，幾乎舉不起手、抬不起腳，也看不見東西，一眨眼就被打得遍體鱗傷，但不管怎麼樣，她還是很快的就爬起身子，繼續奮戰。

「嗨，這麼稀鬆平常，我連頭槌都可以不用了。」烏有道長有意戲弄她，先不使出殺著，連連出拳，把她打得更慘。

姜無際不能再等，站起身子，正要施展追日神技。

山膏跑了回來：「姐姐昨晚被人下了毒，是趙鷹的獅子糖裡有毒！」

姜無際回望擂臺。

霍鳴玉已被打得口吐鮮血，倒在臺邊。

烏有道長悠悠哉哉的走過來：「卿本佳人，奈何如此下場？」抬起腳，就要朝她心窩踩下。

這一腳踩下去，霍鳴玉必死無疑！

姜無際再深吸一口氣，轉瞬不見了蹤影。

時間的本質

時間是一種奇妙的東西，沒人能說得清楚它的性質。

它宛若水流，承載著所有物事一逕向前流，永遠不回頭。

但在姜無際此刻的眼中，它是全然靜止不動的。

姜無際跟他的祖先一樣，發足狂奔，他並沒有看見什麼森林、山河、大地，他只是奔過一條一條的格線、一根一根的標竿、一塊一塊的框架。

格線有黑有白，標竿或粗或細，框架忽圓忽方。

姜無際早已熟門熟路，來到一個定點，伏身前躍，準確的落到了前一晚的接軌之處，從霍連奇的床上一躍而起，衝向大廳。

怪物擂臺

趙鷹剛剛買回獅子糖，送到霍鳴玉手裡：「吶，獅子糖。」

霍鳴玉開心接過，正要吃。

姜無際衝了過來。為了保留體力，他並不出手，而是指著趙鷹大叫：「打他！」

霍鳴玉不假思索，一拳就打在趙鷹胸口上。

趙鷹倒地苦笑：「小師妹，你居然不相信我，而去相信一個外人。」

霍鳴玉也因為自己的自然反應而為之一楞。

山膏喝彩：「耶！妳眞的愛上我老大了！」

姜無際上前，一把抓下趙鷹的頭皮，露出馬首的本相：「趙鷹已經死了！」

小巷中，厲鋒終於被趙鷹打倒。

趙鷹一腳踩住他胸膛，拔出尖刀：「我讓你死得安心一點。」

趙鷹扯掉自己頭上的人皮面具，露出馬首的臉龐，舉起刀來，一刀刺下。

狂怒的霍鳴玉，左手兀自捏著獅子糖，猛衝上前，右拳打在馬首頭上，立即顱骨破裂而死。

厲鋒雙目圓睜，等著馬首一刀刺下。

馬首卻突然頭部裂開，緊接著就化作一縷清煙，不見了。

姜無際搶過霍鳴玉手中的獅子糖，丟在地下，用腳踩爛：「這糖有毒！」

倒在臺上的霍鳴玉，體內的毒素倏然消失，她頓時有了力氣。
烏有道長一腳踩下，被她翻掌接住，甩腕一翻，反而把他摔了出去。
霍鳴玉跳起身子，猛一運氣，身體脹大了好幾倍，塊塊肌肉怒墳而起。
所有的觀眾都驚呼出聲：「她是怎麼啦？吹汽球啊？」
烏有道長這才驚覺自己太過輕敵，以至於坐失良機。
此刻他若不現出本相，便不是霍鳴玉的對手；但他若現出本相，就露了餡兒，禁衛軍會即刻加強戒備，他刺殺皇帝的計畫便失敗了一大半。
但蚩尤的天性就是有勇無謀，盛怒之餘，哪管這許多？當下四肢伏地，大喝一聲，現出了牛頭本相。
觀眾們更是驚駭萬分，大叫：「怪物！原來他是個怪物！」

內外夾擊

坐在貴賓席上的趙恆，因看了先前幾場血淋淋的比賽，心中大爲不忍，把洛陽知府羅奎政叫來：「這比賽太殘忍、太暴力、太傷人命，有違聖人教誨，以後別再辦了。」

羅奎政本以為會得到大大的賞賜，結果竟挨了一頓訓，好生不是滋味。

就在這時，蚩尤在臺上現出了本相，嚇得文武百官驚叫走避。

羽林禁衛群聚臺前，列出防禦陣式。

卻不料，守住了前方，後方又變起肘腋。

嬌滴滴的沈冰心因是皇帝家眷，座位被安排在後方包廂，她眼見蚩尤的行跡已露，若要再從正面進攻，必定很難突破防線，心中惡念陡起，露出本相，幾片菜葉橫掃，把身邊的嬪妃盡行屠戮，再將身一縱，撲向趙恆。

禁衛軍都指揮使徐柑守在趙恆身邊，忽見一棵大白菜衝了過來，嚇了一大跳，忙揮佩刀迎敵。

白菜精一葉砍來，就像一把巨斧，「噹」地一聲把徐柑的佩刀剁成兩截。

「官家小心！」徐柑倒是忠烈之士，把自己的身體當成了盾牌，擋在趙恆身前。

白菜精又一葉劈下，眼看就要將兩人一起劈碎。

臺下亮起兩道閃光，是梅如是的「鴛鴦寶劍」與莫奈何的「大夏龍雀」！

兩人一早就埋伏在臺下，專等妖怪露相。

這一刀一劍的刃氣席捲而來，白菜精的葉子瞬間散了滿地。

「可惡！以後再找你們算帳！」

白菜精最起碼還有逃跑的本事，但第三柄寶劍已從斜刺裡刺到。是「劍王之王」項宗羽的「湛盧寶劍」！

原來項宗羽雖沒追到出林狼，卻得著了他的死訊，剛剛回城，就碰上這場亂事，當即出手相助。

「湛盧」乃史上十大名劍之首，鋒銳絕世，白菜精如何禁受得住？一陣「嘩啦」脆響過後，菜心剖半、菜葉全散，嗅不著蔬菜的清香，而只傳來濃濃的腥臭味。

趙恆驚魂甫定，忙把莫奈何喚到面前：「愛卿，朕沒聽信你的話，甚悔！甚悔！」

莫奈何大驚：「腎不可毀，還是毀毀別的器官吧？」

原來趙恆至今尙無子嗣，之前的五名皇子都夭折了，所以他的腎對於大宋王朝來說，當然是極爲重要的了。

趙恆即席宣詔：「朕封莫愛卿爲國師。」

這已是莫奈何在這半年內受封的第四個國師！

櫻桃妖在葫蘆裡大嘆：「這些帝王怎麼都瞎了眼？」

鬥牛的起源

霍鳴玉和蚩尤在臺上的世紀大對決才剛開始！

蚩尤使盡全力展開搶攻，他的牛角尖銳如矛，只要被他輕輕一觸，鐵鑄銅澆的人像也必碎作齏粉。

已化成了女巨人的霍鳴玉，施展起天下第一霸道的形意拳，那拳風拳勁簡直就像是暴風雨裡山崩地裂，兩隻罈大的拳頭更渾若女媧補天掉落的石塊，兜頭蓋臉的只管狠砸下來。

她的身法依舊有著女性的靈活矯捷，又已熟知蚩尤的伎倆，閃避他的頭槌比吃稀飯還輕鬆，每一次閃過還順便在他腦袋上敲一下，蚩尤的道行雖已超過一萬年，被敲得多了，也不免眼爆金星。

觀眾之中有不少各路客商，這場激烈的鬥賽給了他們不少刺激與靈感，許多年後在極遠的西方興起了鬥牛之風，此乃後話不提。

蚩尤心知自己不懂拳法的缺點已暴露無遺，不得不改變策略，他猛踏兩腳，踩塌了擂臺，並朝站在街邊觀戰的百姓頂撞過去。

霍鳴玉一驚。「孽畜想要多傷人命、製造動亂！」大步趕來，兩人在大街上奔逐。

霍鳴玉尋了個空檔，將身躍起，落在蚩尤背上，恰似跨騎著一匹野馬，任憑蚩尤再蹦再跳再踹，也甩不開背上的控制者。

被逼急了的蚩尤，埋頭亂衝，把路邊的房屋都撞倒了好幾棟。

霍鳴玉再不留情，握緊拳頭，朝他後腦「砰砰砰」地連擊了幾十下。

蚩尤前世驃猛、今生更悍，奈何竟碰到了這個女巨人，一點辦法都沒有，終於發出一聲悶哼，四肢一軟，趴在地下，只剩鼻孔發出垂死的喘息。

霍鳴玉再狠狠的補上一拳，把他徹底打傻了。

百姓們歡呼出聲。

趙恆在貴賓席上看得心驚膽跳，目瞪口呆：「那兩個怪物一般兇惡，朕還要上臺頒獎嗎？」

莫奈何笑道：「啓稟官家，那女子是個正常人，只是吃多了一種果子，等下就變好了，還是個大美人哩。」

「國師所言定然不差，那麼，朕還是親自頒獎吧。」

羅奎政站到臺前：「現在宣布，第二屆洛陽拳鬥大會的冠軍是形意門的霍鳴玉，著令回復原狀，聖人要親自頒獎。」

霍鳴玉吁出一口氣，恢復原形，走上高臺，山膏跟在後面。

羅奎政罵道：「臭小豬，幹什麼？滾遠點！」出腳想踢山膏，被山膏的鼻子一拱，自己反而骨碌碌的滾下臺去。

觀眾哈哈大笑。

霍鳴玉從趙恆手中接過冠軍獎盃，她臉上毫無喜色，只是一直望著紫色帳棚。

然而，棚內只有渾身是傷的厲鋒。

霍鳴玉心絃緊抽。

姜無際呢？

又見夸父

黃河中一如往常，小船、皮筏穿梭來去。

驀然間，水位猛地下降，才只眨了眨眼，河床竟已見了底，正在航行的船隻全都擱淺了。

水手們莫名其妙的四下張望。

他們看見河岸邊上趴著一個人，彷彿剛剛才喝完水，掙扎著爬起身子。

「難道黃河水是被他喝乾的？」有人這麼猜測，當然被同伴罵了個臭頭。

那人吸了口氣，抬頭望著緩緩向西滑落的太陽，還想繼續朝那方向追逐奔跑，但他全身的力氣已然用盡，只跑了幾步，便不支倒地。

那人迷濛著眼睛，看著愈來愈遠的太陽……

等待燦爛的日子

練武場上，厲鋒率領弟子們練拳。

霍鳴玉走在行列中，用心監督著弟子們的每一招每一式。

自從得了大賽冠軍，形意拳成了天下第一拳。半年後，霍連奇倦遊歸來，也不管事了，把整個形意門都交給了她，形意門愈來愈茁壯了。

但霍鳴玉的臉上沒了笑容。

姜無際一直沒有回來，也許就跟他說的一樣，他走失在時間的迷宮當中。

夜晚來臨時，霍鳴玉總是倚著窗戶，仰望星空，希望從來不按牌理出牌的他，會在某一個沒防著的瞬間，乘著月暈星光飛奔而下。

山膏搬來跟她住在一起，總是睡在她的床上。

牠經常睡不安穩，發出哭泣的夢囈：「老大？……你在哪裡？……老大？……」

每當此時，霍鳴玉便會抹掉滑下臉頰的淚珠，躺上床，把山膏摟入懷中，輕撫著牠。

每一天，旭日剛剛昇起，山膏就跑到捕房外，面向大門，坐下等待，緊盯著每一個進出的人，一直等到近晚時分，才垂著尾巴，頹然離去。

偶爾，霍鳴玉會帶著山膏在黃河邊上漫步，望著那魔術時刻的光燄映照河面，反射出夢幻般的光澤。

布滿半天的瑰麗彩霞之中，往往露出好像是姜無際躲藏在裡面的臉。

一向強悍的霍鳴玉，在這種時候就變得多愁善感、脆弱易傷：「只要雲彩不消散，他應該就會出現吧？」

山膏擠出難看的笑容：「老大這麼愛追美女，一定會回來追妳的。」

遠方，夕陽將隱，揮灑出最後一桿絢爛的標旗。

——全文完——

國家圖書館出版品預行編目 (CIP) 資料

大話山海經：追日神探 / 郭箏著 . -- 初版 . --
臺北市：遠流，2018.11
面；　公分 . -- (綠蠹魚；YLM24)
ISBN 978-957-32-8366-9(平裝)

857.7　　107015501

綠蠹魚叢書 YLM 24

大話山海經：追日神探

作　者／郭　箏

總 編 輯／黃靜宜
執行主編／蔡昀臻
封面繪圖、設計／阿尼默
美術編輯／丘銳致
行銷企劃／叢昌瑜

發 行 人／王榮文
出版發行／遠流出版事業股份有限公司
地　　址：台北市 100 南昌路二段 81 號 6 樓
電　　話：（02）2392-6899
傳　　真：（02）2392-6658
郵政劃撥：0189456-1
著作權顧問／蕭雄淋律師
2018 年 11 月 1 日　初版一刷
定價 260 元

ISBN 978-957-32-8366-9
遠流博識網 http://www.ylib.com　E-mail: ylib@ylib.com